国际大奖小说
纽伯瑞儿童文学奖银奖

一百条裙子

THE HUNDRED DRESSES

[美] 埃莉诺·埃斯特斯 / 著
[美] 路易斯·斯洛博德金 / 绘
袁 颖 / 译

天津出版传媒集团
新蕾出版社

图书在版编目 (CIP) 数据

一百条裙子/(美)埃斯特斯著;(美)斯洛博德金绘;袁颖译. —天津:新蕾出版社,2011.1(2025.8 重印)
(国际大奖小说)
书名原文:The Hundred Dresses
ISBN 978-7-5307-4991-3

Ⅰ.①一…
Ⅱ.①埃…②斯…③袁…
Ⅲ.①儿童文学-中篇小说-美国-现代
Ⅳ.①I712.84

中国版本图书馆 CIP 数据核字(2010)第 226749 号
THE HUNDRED DRESSES by Eleanor Estes and illustrated by Louis Slobodkin
Copyright ⓒ 1944 by Harcourt, Inc.
Copyright renewed ⓒ 1972 by Eleanor Estes and Louis Slobodkin
Foreword copyright ⓒ 2004 by Helena Estes
Published by arrangement with Harcourt, Inc., through Bardon-Chinese Media Agency
Chinese Simplified translation copyright ⓒ 2004 by New Buds Publishing House
ALL RIGHTS RESERVED
津图登字:02-2004-177

书　　　名	一百条裙子　YIBAI TIAO QUNZI
出版发行	新蕾出版社
	http://www.newbuds.com.cn
地　　　址	天津市和平区西康路 35 号(300051)
出 版 人	马玉秀
电　　　话	总编办 (022)23332422
	发行部 (022)23332351　23332677
传　　　真	(022)23332422
经　　　销	全国新华书店
印　　　刷	天津新华印务有限公司
开　　　本	880mm×1230mm　1/32
字　　　数	43 千字
印　　　张	3.25
版　　　次	2011 年 1 月第 1 版　2025 年 8 月第 64 次印刷
定　　　价	20.00 元

著作权所有,请勿擅用本书制作各类出版物,违者必究。
如发现印、装质量问题,影响阅读,请与本社发行部联系调换。
地址:天津市和平区西康路 35 号
电话:(022)23332677　邮编:300051

前言

一辈子的书

梅子涵

亲近文学

一个希望优秀的人,是应该亲近文学的。亲近文学的方式当然就是阅读。阅读那些经典和杰作,在故事和语言间得到和世俗不一样的气息,优雅的心情和感觉在这同时也就滋生出来;还有很多的智慧和见解,是你在受教育的课堂上和别的书里难以如此生动和有趣地看见的。慢慢地,慢慢地,这阅读就使你有了格调,有了不平庸的眼睛。其实谁不知道,十有八九你是不可能成为一个文学家的,而是当了电脑工程师、建筑设计师……可是亲近文学怎么就是为了要成为文学家,成为一个写小说的人呢?文学是抚摸所有人的灵魂的,如果真有一种叫作"灵魂"的东西的话。文学是这样的一盏灯,只要你亲近过它,那么不管你是在怎样的境遇里,每天从事

怎样的职业和怎样地操持，是设计房子还是打制家具，它都会无声无息地照亮你，使你可能为一个城市、一个家庭的房间又添置了经典，添置了可以供世代的人去欣赏和享受的美，而不是才过了几年，人们已经在说，哎哟，好难看哟！

谁会不想要这样的一盏灯呢？

阅读优秀

文学是很丰富的，各种各样。但是它又的确分成优秀和平庸。我们哪怕可以活上三百岁，有很充裕的时间，还是有理由只阅读优秀的，而拒绝平庸的。所以一代一代年长的人总是劝说年轻的人："阅读经典！"这是他们的前人告诉他们的，他们也有了深切的体会，所以再来告诉他们的后代。

这是人类的生命关怀。

美国诗人惠特曼有一首诗：《有一个孩子向前走去》。诗里说：

　　有一个孩子每天向前走去，
　　他看见最初的东西，他就变成那东西，
　　那东西就变成了他的一部分……

如果是早开的紫丁香，那么它会变成这个孩子的一

The Hundred Dresses

部分;如果是杂乱的野草,那么它也会变成这个孩子的一部分。

我们都想看见一个孩子一步步地走进经典里去,走进优秀。

优秀和经典的书,不是只有那些很久年代以前的才是,只是安徒生,只是托尔斯泰,只是鲁迅;当代也有不少。只不过是我们不知道,所以没有告诉你;你的父母不知道,所以没有告诉你;你的老师可能也不知道,所以也没有告诉你。我们都已经看见了这种"不知道"所造成的阅读的稀少了。我们很焦急,所以我们总是非常热心地对你们说,它们在哪里,是什么书名,在哪儿可以买到。我就好想为你们开一张大书单,可以供你们去寻找、得到。像英国作家斯蒂文生写的那个李利一样,每天快要天黑的时候,他就拿着提灯和梯子走过来,在每一家的门口,把街灯点亮。我们也想当一个点灯的人,让你们在光亮中可以看见,看见那一本本被奇特地写出来的书,夜晚梦见里面的故事,白天的时候也必然想起和流连。一个孩子一天天地向前走去,长大了,很有知识,很有技能,还善良和有诗意,语言斯文……

同样是长大,那会多么不一样!

3 一百条裙子

国际大奖小说

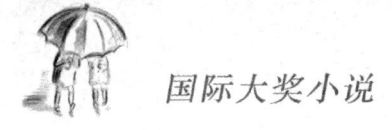

自己的书

　　优秀的文学书,也有不同。有很多是写给成年人的,也有专门写给孩子和青少年的。专门为孩子和青少年写文学书,不是从古就有的,而是历史不长。可是已经写出来的足以称得上琳琅和灿烂了。它可以算作是这二三百年来我们的文学里最值得炫耀的事情之一,几乎任何一本统计世纪文学成就的大书里都不会忘记写上这一笔,而且写上一个个具体的灿烂书名。

　　它们是我们自己的书。合乎年纪,合乎趣味,快活地笑或是严肃地思考,都是立在敬重我们生命的角度,不假冒天真,也不故意深刻。

　　它们是长大的人一生忘记不了的书,长大以后,他们才知道,原来这样的书,这些书里的故事和美妙,在长大之后读的文学书里再难遇见,可是因为他们读过了,所以没有遗憾。他们会这样劝说:"读一读吧,要不会遗憾的。"

　　我们不要像安徒生写的那棵小枞树,老急着长大,老以为自己已经长大,不理睬照射它的那么温暖的太阳光和充分的新鲜空气,连飞翔过去的小鸟,和早晨与晚间飘过去的红云也一点儿都不感兴趣,老想着我长大

了,我长大了。

"请你跟我们一道享受你的生活吧!"太阳光说。

"请你在自由中享受你新鲜的青春吧!"空气说。

"请你尽情地阅读属于你的年龄的文学书吧!"梅子涵说。

现在的这些"国际大奖小说"就是这样的书。

它们真是非常好,读完了,放进你自己的书架,你永远也不会抽离的。

很多年后,你当父亲、母亲了,你会对儿子、女儿说:"读一读它们,我的孩子!"

你还会当爷爷、奶奶、外公和外婆,你会对孙辈们说:"读一读它们吧,我都珍藏了一辈子了!"

一辈子的书。

让我们先来认识一下

玛蒂埃

佩琪

旺达

目录
The Hundred Dresses
一百条裙子

第 一 章　旺达……………………………………1

第 二 章　关于裙子的游戏………………………8

第 三 章　晴朗的一天……………………………18

第 四 章　竞赛……………………………………31

第 五 章　一百条裙子……………………………37

第 六 章　在波金斯山上…………………………48

第 七 章　给十三班的一封信……………………60

第一章

旺 达

今天,星期一,旺达·佩特罗斯基的座位是空着的。没人注意到她没来上学,就连佩琪和玛蒂埃也忽略了这一点,要知道这两个女孩可几乎是所有恶作剧的挑头人。

旺达的座位在十三班最靠里一排倒数第二个位置。她就坐在这个属于学习成绩差,而且举止又粗鲁的男生们的角落里;坐在这间脚步声杂乱,无论什么好玩儿的话都能引起哄堂大笑,并且地面上总是又脏又乱的教室的角落里。

而旺达坐在这里,并不是因为她也粗鲁,爱叫爱闹,恰恰相反,她总是那么安静,几乎不怎么说话,甚至没人听见她放声大笑过。偶尔,她将嘴角向上翘一翘,就算是笑了。

要不是旺达每天都要从波金斯山的乡间小路一路走着来上学,而且经常弄得脚上满是泥巴的话,班里是没有人确切知道她为什么要坐在那个角落里的。或许,老师是这么想的:就让穿着脏鞋子的孩子坐到角落里去吧。而一旦旺达·佩特罗斯基坐在教室里,也就没有人关注她了。同学们想起她的时候,通常是在课余时间里——在他们午休后返回学校上课的途中,或者是在早晨课前三五成群说笑着去操场的路上。

有时，他们也会等一等旺达，拿她开开玩笑什么的。

第二天，星期二，旺达还是没来。除了老师和大个儿比尔·拜伦，其他人依然没有注意到她的缺席。比尔·拜伦坐在旺达的后面，这两天，他就将两条长腿伸到旺达的课桌两边——看起来像是一只坐着的青蛙，取悦着他这角落里的所有人。

The Hundred Dresses

但是在星期三，佩琪和玛蒂埃终于发现了旺达没来上学。她俩坐在第一排，和那些成绩良好，不用一路泥泞来上学的孩子们坐在一起。佩琪是学校里最受欢迎的女孩——她漂亮，有许多好看的衣服，还留着一头褐色的鬈发。玛蒂埃是她最要好的朋友。

佩琪和玛蒂埃之所以注意到了旺达没来上学，是因为正是她让她俩迟到了。她俩在路上等了又等，想捉弄一下旺达，可她就是没来，而她俩却一直都觉得她马上就会出现。她俩还看见杰克·贝格尔斯朝学校狂奔，领带歪着，帽子斜着，好像马上就要掉下来似的。她们意识到

肯定要迟到了,因为杰克总是会在上课铃声响起的同时溜到座位上,而且绝对是准时"着陆"!但她俩还是执着地一分钟一分钟地等着,希望旺达能来,可是最终还是没有看见旺达的影子,她俩只好跑去上课。

两个女孩跑到教室的时候,门已经关上了。同学们

正在集体背诵林肯总统的葛底斯堡演说词——梅森老师的课总是以这种方式开始的。佩琪和玛蒂埃溜到各自座位上的时候,大家已经背诵到了最后一句。

第二章

关于裙子的游戏

就这样,佩琪和玛蒂埃像两个入侵者一样闯入课堂。等到那种忐忑不安的心情稍微平静下来之后,她俩便转身向教室后面张望,发现旺达的座位果然是空的,她的课桌上已经积了厚厚的一层灰尘,看来好像她昨天

The Hundred Dresses

就没有来过。仔细想了一下,昨天确实没有看到过她。昨天在上学的路上,她们也曾等了她一小会儿,但到了学校以后就把她给忘到九霄云外去了。

她俩经常会像今天这样在路上等着旺达·佩特罗斯基,好拿她开个玩笑什么的。

旺达住在靠近波金斯山山顶的地方。波金斯山不是

什么适合居住的地方，但却很适合在夏天去郊游，采几朵野花。但你得一直屏住呼吸，直到走过老斯文森的黄屋子之后才"安全"。镇上的人都说老斯文森这人不怎么样。他不工作，更糟糕的是，他的房子和院子都脏得要命，生了锈的铁皮罐头盒随处可见，甚至还有他的破草帽。他独自一人生活着，与他的狗和猫为伴。"也难怪，"镇上的人都这么说，"谁会愿意跟他一起过日子呢？"关于他的传闻还有很多，这些传闻使得人们即使是在大白天路过他的房子也都会加快脚步，生怕会碰见他。

　　除了老斯文森的房子，还有几间简易房子散落在周围，旺达·佩特罗斯基和她的爸爸、哥哥就住在其中的一间里。

　　旺达·佩特罗斯基，十三班里的孩子们没人有这么奇怪的名字。他们的名字都琅琅上口，像托马斯、史密斯

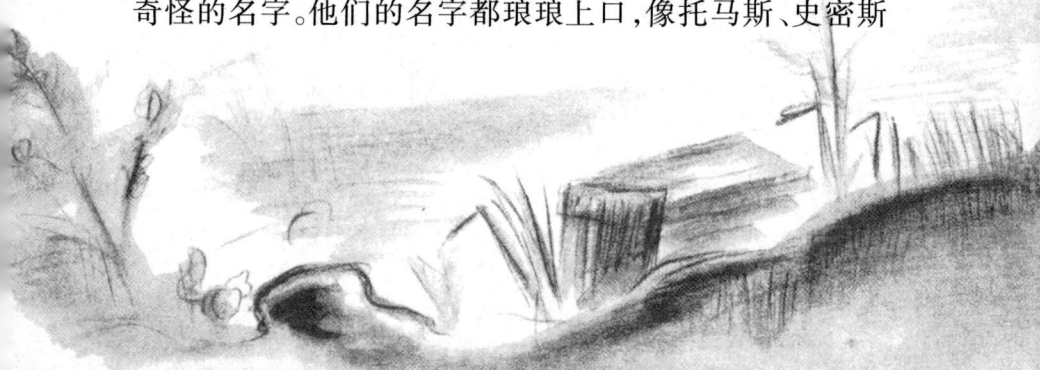

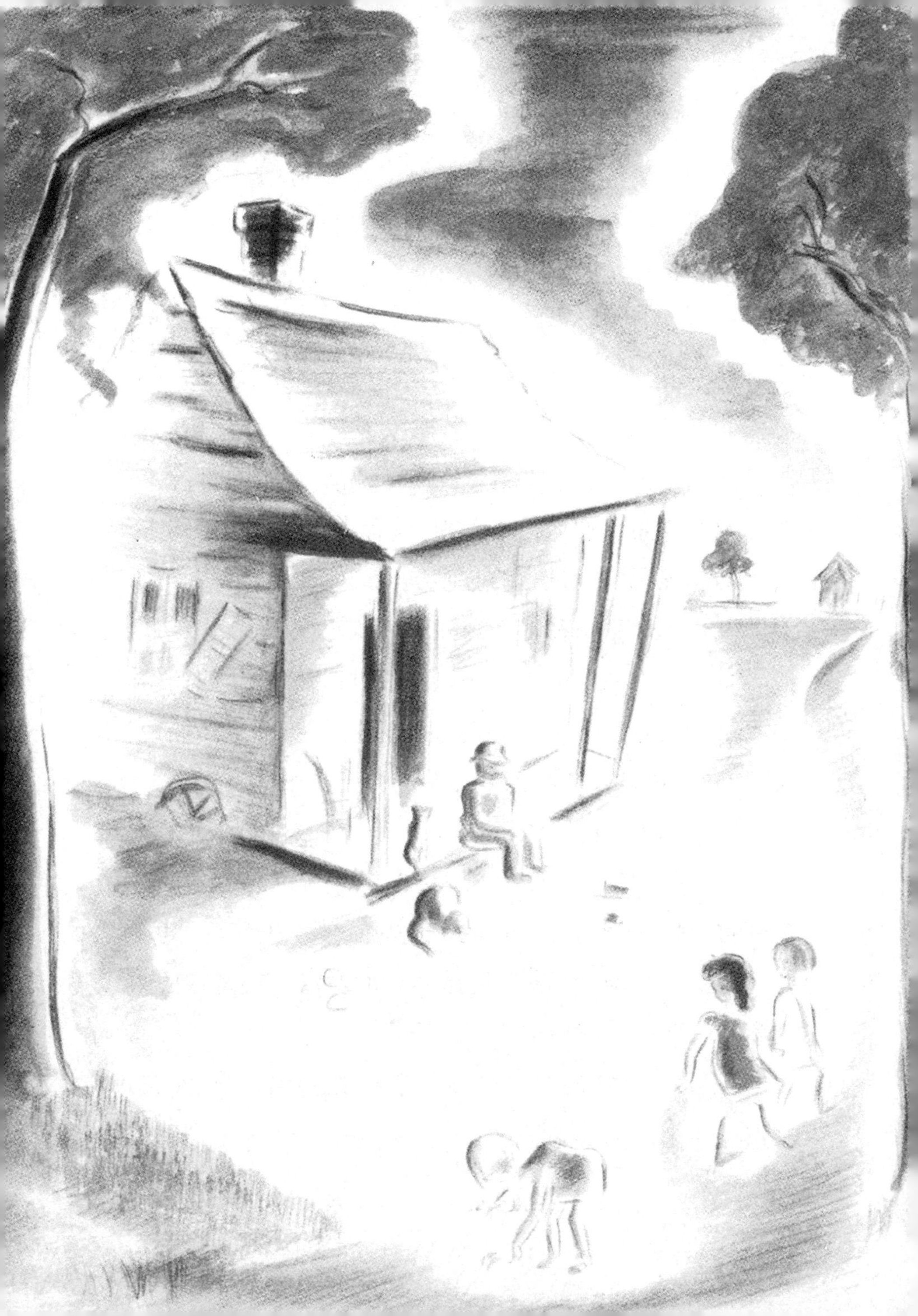

或是亚伦。有一个男孩叫鲍恩斯——威利·鲍恩斯——大家都觉得这个名字很滑稽,但跟"佩特罗斯基"这个名字的滑稽还不太一样。

旺达没有什么朋友。无论是上学还是回家,她都独来独往。她经常穿一件褪了色的、晾得走了形的蓝裙子,尽管很干净,但一看就知道从来没有好好儿熨烫过。她虽然没有朋友,却有很多女孩跟她说话。她们会站在奥利弗大街拐角处的枫树下等她,或者当她在学校操场上看别的女孩玩"跳房子"的时候将她团团围住。

佩琪总会用一种特别谦和的语调跟旺达讲话,就好像她是在和梅森老师或是在和校长讲话一样。"旺达,"她会一边说着话,一边碰碰她身边的同伴,"跟我们说说,你曾经说过你的衣柜里挂着多少条裙子来着?"

"一百条。"旺达回答说。

"一百条!"周围的女孩都尖叫着表示怀疑,就连在一旁玩"跳房子"的女孩们也停下来听她们说话了。

"嗯,一百条,全部都是挂起来的。"旺达说道。然后她就闭上薄薄的嘴唇陷入了沉默。

"都是什么样的?我敢打赌,肯定都是丝绸的吧?"佩琪说。

"嗯,全都是丝绸的,各式各样的。"

"还有天鹅绒的吧?"

"对,还有天鹅绒的。有一百条,"旺达慢吞吞地说,"全部都挂在我的衣柜里。"

然后她们会放她走。在她还没有走远的时候,女孩子们便忍不住爆发出刺耳的笑声来,一直到笑出眼泪为止!

一百条裙子!显而易见,旺达唯一的一条裙子就是她天天都穿着的那条蓝裙子啊,她为什么要说自己有一百条呢?根本就是在编故事嘛!女孩子们嘲笑她时,旺达就踱到爬满了常春藤的校舍墙边的太阳地儿里——通常她都是靠在那儿,等着上课铃声响起。

如果女孩子们是在奥利弗大街的拐角处遇见旺达,她们就会陪她一起走一段路,每走几步就会停下来问一些令人生疑的问题。大家并不总是问裙子,有时还问帽子、外套或是鞋什么的。

"你说你有多少双鞋来着?"

"六十。"

"六十?是六十双还是六十只?"

"六十双。全都摆在我的衣柜里。"

国际大奖小说

"可你昨天说的是五十双啊!"

"现在我有六十双了。"

这个回答迎来的是礼貌得有些夸张了的叫声。

"全都是一个样式的吧?"女孩子们问。

"哦，不是。每双的样式都不同，而且有各种各样的颜色。它们全都摆在一起。"旺达说着，目光会飞快地掠过佩琪，投向远方——她好像是在看着很远的地方，就那么一直看着，却又什么都看不到。

这时候，围在外圈的几个女孩先笑着走开了，接着，其他的女孩们三三两两地散开了。通常，这个游戏的创始人佩琪和她亲密无间的朋友玛蒂埃总会最后离开。然后只剩下旺达自己继续在街上走着，她两眼呆滞，嘴唇紧闭，左肩膀不时以她特有的滑稽方式抖动一下……就这样，她独自走完余下的这段通往学校的路。

其实佩琪并不是真那么残酷。她会保护小孩子不受坏男孩的欺负，会为了一只小动物遭受了虐待而哭上个把钟头。如果有人问她："你不觉得那样对待旺达很残酷吗？"她肯定会觉得惊讶。残酷？那为什么她要说自己有一百条裙子呢？谁都知道那是个谎言嘛。她为什么要撒谎呢？她可不是个普通人，要不她怎么会有个那么奇怪的名字呢？反正她们也从来没弄哭过她呀。

而对于玛蒂埃来说，每天都问旺达有多少条裙子、多少顶帽子、多少这个、多少那个的确让她有些不安。玛蒂埃自己也是个穷孩子。谢天谢地，她没住在波金斯山

上，没有滑稽的名字。她的额头也没有像旺达圆圆的额头那么光亮。旺达的脸上到底搽了些什么呢？那是所有女孩子都想知道的。

有时，当佩琪用那种假装礼貌的口吻问旺达那些问题的时候，玛蒂埃会觉得很尴尬，她只好假装正在研究自己的手掌，并反复揉搓着那些纹路，什么都不说。确切地说，她并不是对旺达感觉歉疚。要不是佩琪发明了这

么一个关于裙子的游戏,她是根本注意不到旺达的。但是,如果佩琪和其他人决定下一次捉弄自己,那可怎么办?虽然自己不像旺达那么穷,但毕竟还是比较穷啊。当然,比起旺达撒谎说有一百条裙子来,她还是有自知之明的。但她还是不愿她们拿自己开玩笑,决不愿意!哦,天啊!她多希望佩琪别再拿旺达·佩特罗斯基开玩笑了啊!

第三章

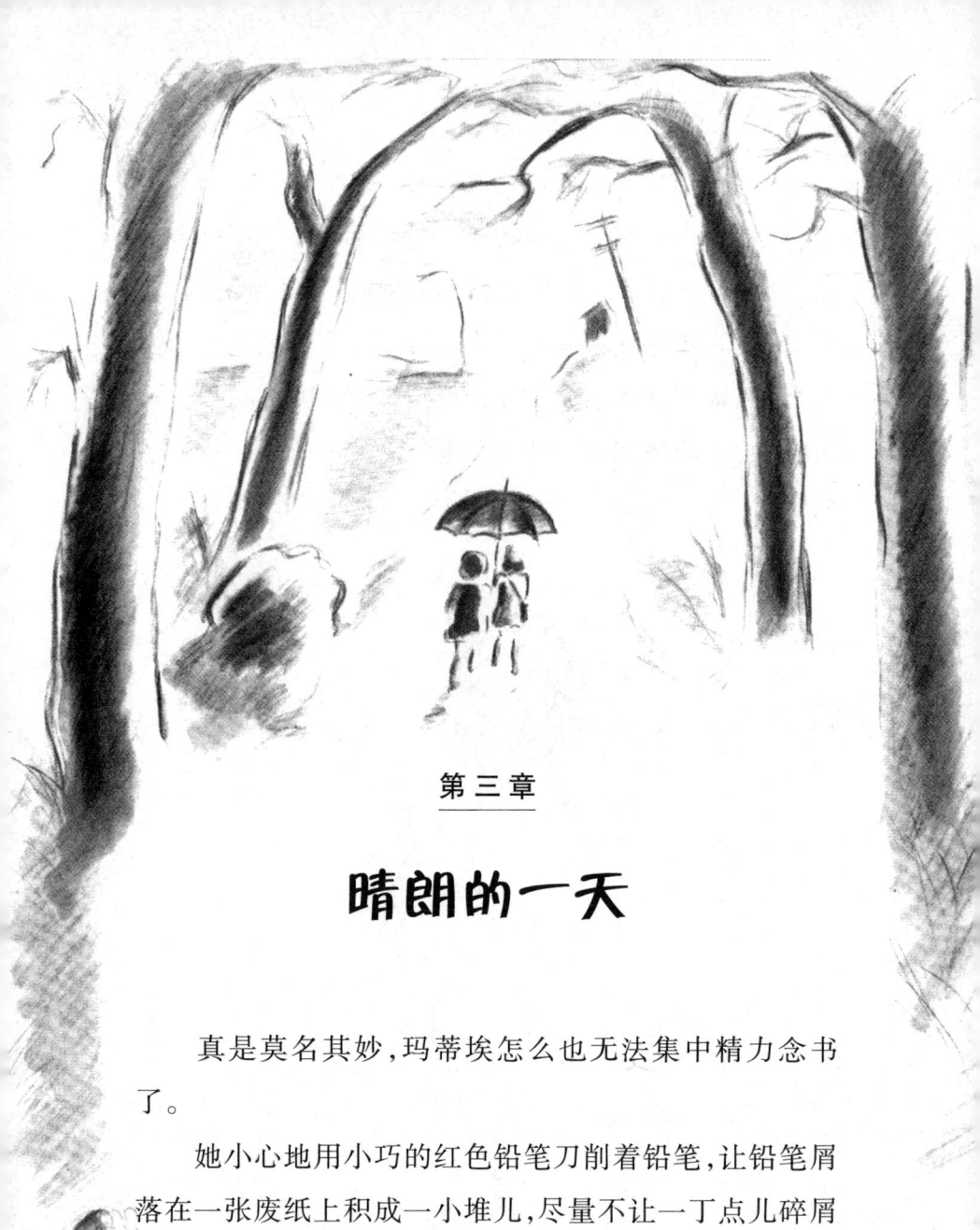

晴朗的一天

真是莫名其妙,玛蒂埃怎么也无法集中精力念书了。

她小心地用小巧的红色铅笔刀削着铅笔,让铅笔屑落在一张废纸上积成一小堆儿,尽量不让一丁点儿碎屑

落在她干净的数学作业纸上。

她的眉头微微皱起。首先,她不喜欢上学迟到;其次,她一直在想着旺达。虽然旺达的课桌空着,可不知怎的,那课桌却好像是她每次望向教室的那个方向时能够看到的唯一东西。

那个关于裙子的游戏最初是怎么开始的呢?她不禁要问自己。很难记起她们跟旺达开始玩这个游戏是什么时候的事情了,也很难从现在回想起过去——从玩"一

百条裙子"的游戏已经成为每日的例行公事的现在,回想起过去那些无论什么都让人觉得是那么美好的时光。哦,对了,她想起来了。游戏开始于塞西莉第一次穿她那条新红裙子的那天。顿时,所有的场景都在玛蒂埃眼前飞快而又鲜活地闪现出来。

那是九月里晴朗的一天。不,应该已经到十月份了,因为她和佩琪手挽手边唱边走地去上学的时候,佩琪说:"你看,今天这天儿肯定就是人们所说的那种'金秋十月'的天气啦!"

玛蒂埃之所以能记起这些,是因为后来在那天发生的事情让人觉得那天并不是晴朗的一天,虽然那天的天气一点儿变化都没有。

当她们俩从绿树成荫的奥利弗大街走出来拐进枫树大街的时候,她俩全都眯缝着眼睛。因为此刻早上的阳光正强,很是晃眼。此外,晃眼的还有前面那五六个女孩子身上的颜色。她们的针织衫、夹克、裙子,有蓝色的、

金色的、红色的,宛如明亮的玻璃一样反射着太阳光,其中那件鲜红色的特别抢眼。

风,清新爽洁,吹得她们的T恤窸窣作响,把她们的发梢直吹到眼睛里去。女孩子们全都在大声地叫着闹着,每个人都试图用比别人更高的嗓音说话。玛蒂埃和佩琪也加入进来,融入那些笑声中,融进她们的对话中。

"你好,佩琪!你好,玛蒂埃!"她们热情地跟她俩打着招呼,"你们看塞西莉!"

她们一起高声谈论着的正是塞西莉穿的那条新裙子——一条鲜红色的裙子,还有与它配套的帽子和短袜。那是一条鲜亮的新裙子,美丽极了。每个人都很眼馋,都很羡慕塞西莉。一直以来,苗条的塞西莉都在练习跳芭蕾,而且穿的衣服总是比别人的别致。她把她的黑缎子书包和那双名贵的白色缎面芭蕾舞鞋一起搭在肩上——今天她要上芭蕾课。

玛蒂埃坐在花岗岩的便道上系着鞋带,同时愉快地听着伙伴们的谈话。今天大家看上去都特别高兴,也许就因为今天是晴朗的一天吧,一切都如此灿烂!接下来的那段路上,阳光闪耀,给海湾蓝色的水面镀上了一层亮亮的银色。玛蒂埃捡起了一块碎镜子,在房子上、树

上、电线杆上反射出一小束带着七彩光环的光线。

也就是在这个时候,旺达和她的哥哥杰克走了过来。他们并不经常一起去上学。杰克总是很早到校,因为他得给学校的门卫老希尼先生打下手,烧锅炉、扫落叶或是在学校开门前干些杂活儿。今天他肯定是晚了。

即使是旺达,在这阳光下看上去都很漂亮,她那条洗得发白的蓝裙子仿佛就是夏日天空的一角。就连她戴着的那顶旧旧的灰色滑雪帽都显得亮丽起来了——那帽子肯定是杰克从什么地方弄来的。玛蒂埃一边拿着那片碎镜子照照这儿照照那儿,一边心不在焉地看着这兄妹俩走过来。但即使是心不在焉,玛蒂埃还是注意到了当他俩接近这群正在笑闹着的女孩时,旺达稍微停顿了一下。

"走啊,"玛蒂埃听见杰克喊道,"我要迟到了。我得赶去开门、打上课铃!"

"你自己先走吧，"旺达说，"我在这儿待会儿。"

杰克无奈地耸耸肩，便继续沿着枫树大街走下去。旺达则慢慢地向这群女孩子走过来。每向前走一步，在脚落下之前，她好像都要犹豫很久很久。她走过来，如同一只胆小羞怯的小动物，随时准备在遇到危险的时候逃开。

虽然如此，旺达的唇边却流露出一丝不易被人察觉的微笑——她一定也很快乐，因为在这样的天气里，每个人都会是快乐的。

当旺达走过来加入她们的时候，玛蒂埃也正走过去靠近了佩琪，她也想好好儿看看塞西莉的新裙子。她没有理会旺达，并且这时又有几个女孩聚拢过来，全都在欣赏着、评论着塞西莉的新裙子，人越聚越多。

"多可爱啊！"一个女孩说。

"是啊，我有一条新的蓝裙子，但没有她这条这么漂亮。"另一个女孩说。

"我妈妈刚刚给我买了一块方格花呢，一种苏格兰风格的方格花呢。"

"我有一条上舞蹈课穿的新舞裙。"

"我要让我妈妈给我买一条跟塞西莉的一模一样的

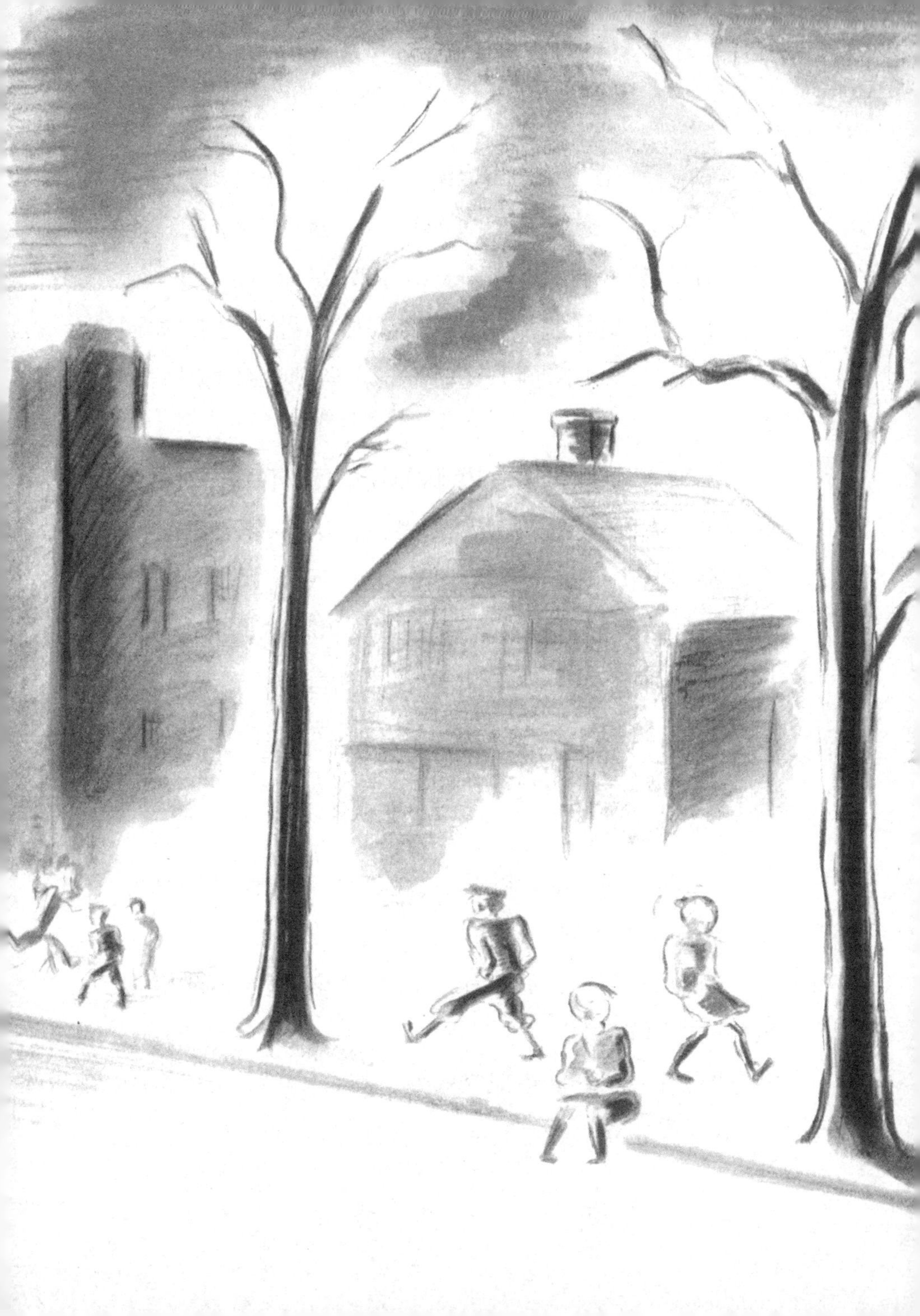

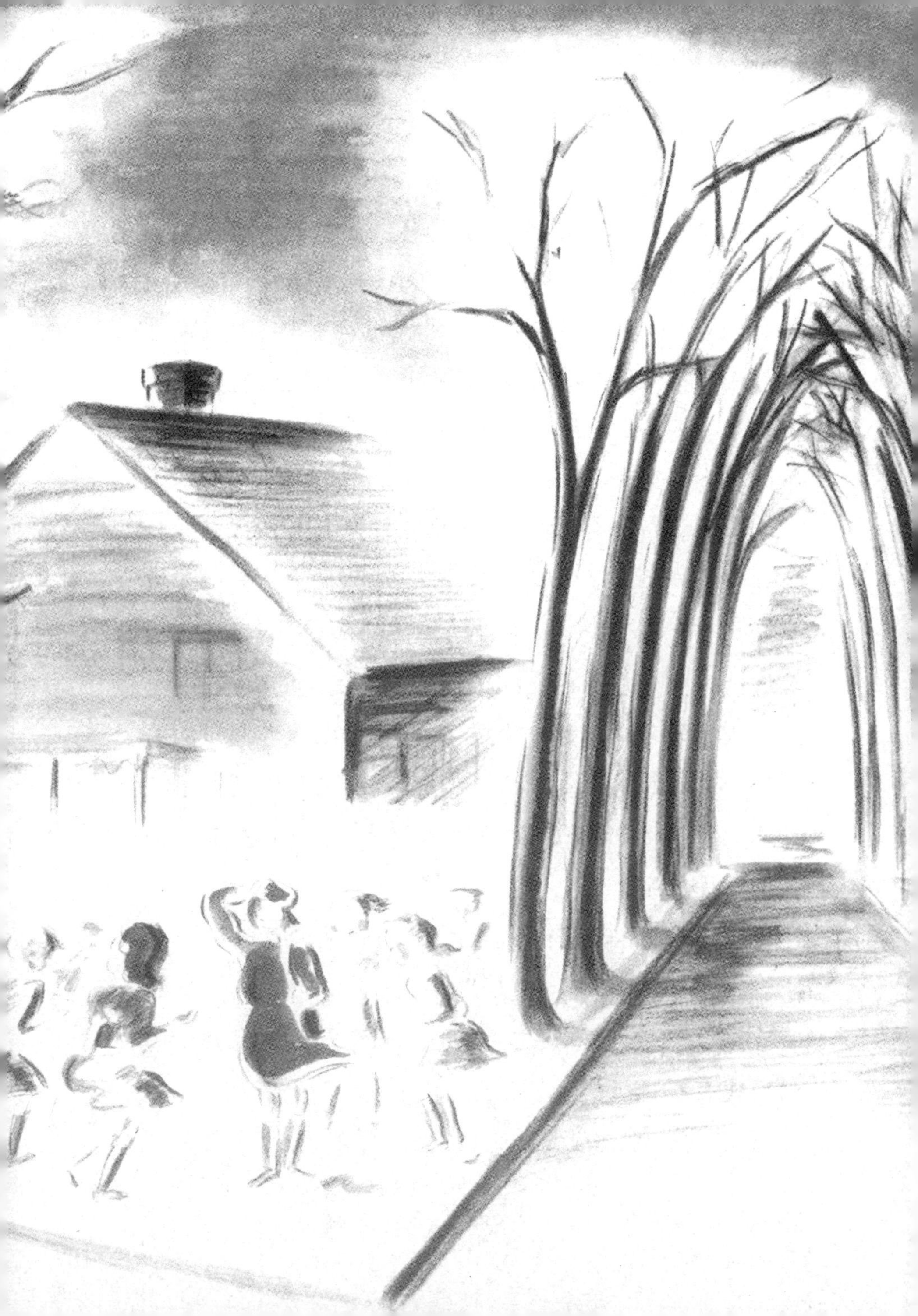

裙子。"

每个人都在争先恐后地跟同伴说着,但没有一个人跟旺达说话,虽然此刻她就在这里,也是这群人中的一员。女孩子们愈发紧密地把塞西莉团团围住,而且还在不停地说着、赞美着塞西莉。旺达不知不觉地被围在了人群里,但还是没有人跟旺达说话,甚至没有人注意到她的存在。

也许,也许当时旺达正在盘算着自己应该说点儿什么吧,她太想融入这些女孩子中去了。这应该是件很容易的事,因为当时大家不过就是谈论谈论衣服罢了。玛蒂埃这样想着想着就又回想起接下来发生的事情。

当时玛蒂埃就站在佩琪旁边,旺达则站在佩琪的另一边。突然,旺达冲动地碰了碰佩琪的胳臂,然后说了些什么。只见她那浅蓝色的眼睛闪着光,看上去跟其他的女孩一样兴奋。

"什么?"佩琪没有听清楚,因为旺达说话的声音很小。

旺达犹豫了一下之后,坚定地重复了一遍自己的话:"我有一百条裙子。"

"我想你刚才就是这么说的。一百条裙子,一百条!"

佩琪的声音一声高过一声。

"嘿,大伙听着,"她喊道,"这女孩说她有一百条裙子。"

一阵沉默过后,刚刚还以塞西莉和她的华美新裙子为中心的女孩们,这会儿又好奇地将旺达和佩琪围在了中间。女孩们打量着旺达,开始时不相信,后来干脆怀

疑。

"一百条裙子?"她们问,"没人能有一百条裙子的。"
"但我有。"
"旺达有一百条裙子。"
"那它们在哪儿呢?"
"在我的衣柜里。"
"哦?你不穿着来上学吗?"
"不。我只是穿着去参加晚会。"
"哦?你是说你没有平常穿的裙子?"
"不,我有适合各种场合穿的裙子。"
"那你为什么不穿着上学呢?"

对于这样的问话,旺达沉默了好一阵子。她先是把嘴唇抿在了一起,然后又刻板地重复着刚才的话,好像是在背诵在学校里学会的课文一样:"我有一百条裙子,它们全都挂在我的衣柜里。"

"哦,我知道了,"佩琪说话的口气像个大人似的,"这孩子有一百条裙子,但全不能穿着来上学。大概她是怕溅上墨水,或是蹭上粉笔末儿而把裙子弄脏了吧。"

听到这里,所有的女孩立刻大笑起来,并且开始说三道四。旺达呆呆地看着她们,她紧闭双唇,皱起眉头,

头上那顶灰色的滑雪帽也顺势滑了下来,把她的眉毛给遮住了。突然间,从大街那边传来了学校的第一遍上课铃声。

"噢,走吧,快点儿,"玛蒂埃下意识地松了口气说,"我们要迟到啦!"

"再见喽,旺达,"佩琪说,"你那一百条裙子听上去美——丽——极——了!"

伴随着几声尖叫,女孩们笑着闹着跑开了,早已将旺达和她那"一百条裙子"抛到了脑后。第二天,第三天,第四天……直到佩琪又在上学路上碰见旺达后,才又想起问她那"一百条裙子"的事来。这时的佩琪似乎在想,如果她不拿旺达找找乐儿,从而博得她那些拥戴者们的笑声的话,这一天就白白过去了。

是的，关于"一百条裙子"的游戏就是这么开始的。一切都发生得那么突然，那么让人猝不及防，而且每个人都恰好置身其中，即使是像玛蒂埃这样感觉到不舒服的人对此都无能为力。玛蒂埃兀自点了点头，"是的，"她对自己重复道，"事情就是这么开始的，从那一天起，从那个晴朗的日子开始。"

玛蒂埃这样想着，把接了铅笔屑的废纸卷起来，然后走到教室前面，把铅笔屑倒进了讲台上的纸篓里。

第四章

竞　赛

今天,玛蒂埃和佩琪上学迟到了。即便如此,玛蒂埃也很庆幸自己可以不用被迫拿旺达开玩笑。她心不在焉地做着数学题,"八乘八等于……嗯……让我想想……"她对旺达被人取笑而感到无能为力。她希望自己可以有

魄力写张字条给佩琪——因为她明白自己是绝对没有勇气当面跟佩琪说出来的——她想说："喂,佩琪,我们不要再问旺达有多少条裙子了!"

做完了数学作业,她真的开始给佩琪写起字条来。突然,她停了下来,身体微微有些发抖。她想象着,自己就站在校园里,成为以佩琪为首的女孩们的新"标靶"。佩琪会问她,她身上的那条裙子是从哪儿来的,玛蒂埃则只有坦白承认那是佩琪的一件旧裙子。为了不让十三班的同学们认出来,玛蒂埃的妈妈已经想办法缝补上一些新花边来做掩饰。

要是佩琪能够自己决定不再取笑旺达了该有多好!唉,算了!玛蒂埃用手捋了捋自己金色的短发,仿佛要把这些令人不愉快的想法统统甩掉。那又有什么用呢?玛蒂埃慢慢地将已经写了个开头的字条撕得粉碎。她是佩琪的好朋友,而佩琪是班上最受欢迎的女孩。佩琪是不可能真的做错什么事的,玛蒂埃这么认为。

至于旺达,她只不过是个住在波金斯山上,还总爱独自站在校园里的女孩罢了。在班上,除了偶尔轮到旺达站起来朗读课文之外,根本没人会想起她来。每当轮到她朗读的时候,大家总希望她能读得快点儿,赶紧读

完,赶快坐下——因为,她读一段课文要花费好长好长的时间。有时候她站起来,只是呆呆地看着她的课本,什么都读不出来,或者说她根本就不愿意读。老师想要帮帮她,可她就是站在那里一动不动,直到老师让她坐下。她是哑巴了还是怎么了呢?也许她就是胆小吧。她唯一

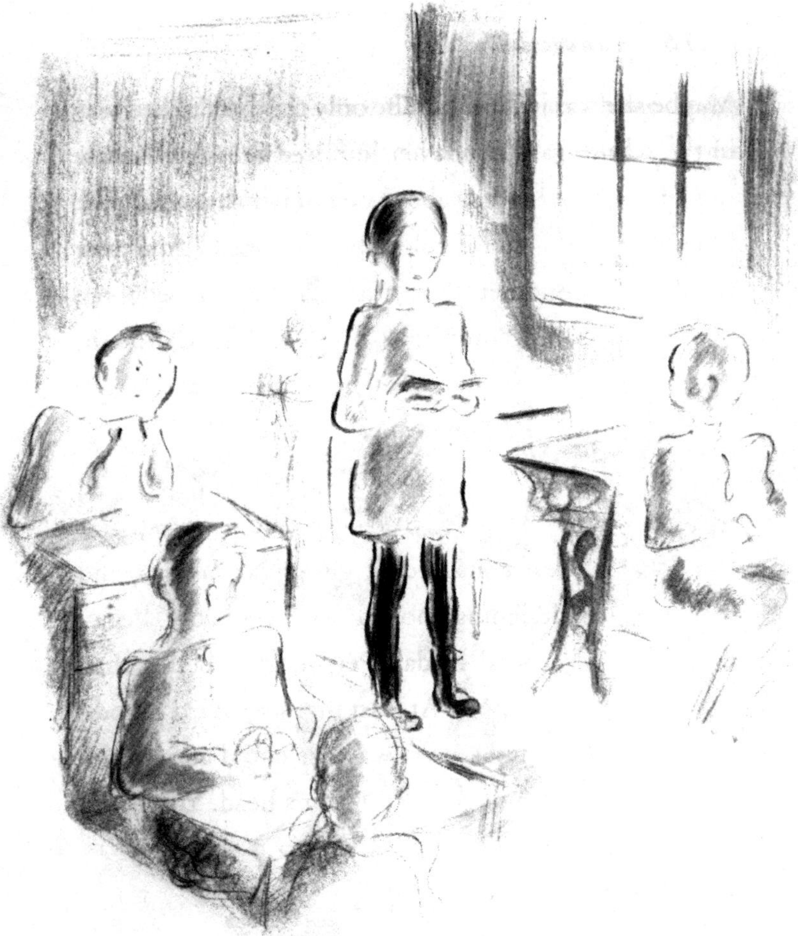

一次开口说话,就是那一次在校园里说她有一百条裙子。玛蒂埃记得她曾经提到过的她的一条裙子,一条暗蓝色带有淡青色花边的裙子。她还记得她的另一条裙子,是华丽的丛林绿色,还配着红色的腰带。"穿上这条裙子,你看上去就像一棵圣诞树一样!"女孩们虚伪地赞美道。

想到旺达和挂在她衣柜里的那一百条裙子,玛蒂埃

不禁琢磨起来,谁会在绘画比赛中得奖呢?这次比赛,女孩子的参赛内容是服装设计,男孩子则要设计汽艇。也许佩琪会在女子组里夺冠吧,班里数佩琪画得好,大家都这么认为。你要是看到她临摹的杂志上的相片,或是影星的头像,你几乎马上就能认出来她画的是谁。噢,玛蒂埃真的希望佩琪能获奖。希望?她可以肯定佩琪能获奖!好了,明天老师就要宣布谁是获奖者了,到时候大家就能知道了。

这时有关旺达的那些想法已经在玛蒂埃的脑海里越飘越远了。到了历史课开始的时候,她已经把旺达忘在了脑后。

第 五 章

一百条裙子

第二天,下起了小雨。玛蒂埃和佩琪一起打着伞匆匆赶到学校。显然在这样的天气里,她俩是不会再在奥利弗大街拐角处等待旺达·佩特罗斯基了——奥利弗大街很长很长,过了铁道后会一直延伸到波金斯山上——

毕竟，她俩今天可不愿冒险迟到，因为今天非常重要。

"你觉得梅森老师今天会宣布获奖者吗？"佩琪问。

"哦，但愿如此，希望她在我们走进教室的那一刻就宣布！"说完，玛蒂埃又补充道，"你肯定能获奖，佩琪。"

"但愿如此吧。"佩琪说着，露出了渴望的神情。

就在走进教室的那一瞬间，眼前的情景不禁让她俩惊呆了，她俩倒吸了一口气：教室里到处都挂满了图画，

The Hundred Dresses

在每个窗台上,在黑板上方的空白墙壁上,甚至把墙上的评比表都覆盖住了。每幅画都有着令人炫目的颜色和极度华美的设计,而且全部都画在大幅的包装纸上。

足有一百幅那么多,全都整齐地一排排地贴在墙上。

这些肯定都是参赛作品!是的,没错儿!每个人都驻足观看,有的吹着口哨表示惊讶,有的则是啧啧称赞。

同学们到齐之后,梅森老师开始宣布获奖者。杰克·贝格里斯赢得了男子组的冠军,他设计的是一艘尾挂式汽艇。老师说杰克的作品和其他男孩的素描画现在正在十二班展出呢!

"至于女子组嘛,"梅森老师说,"尽管我们这么多人里只有一两个人参赛,但是有一个人,我们十三班真的

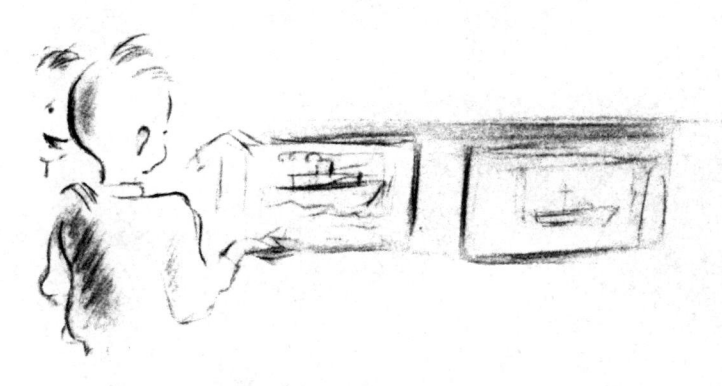

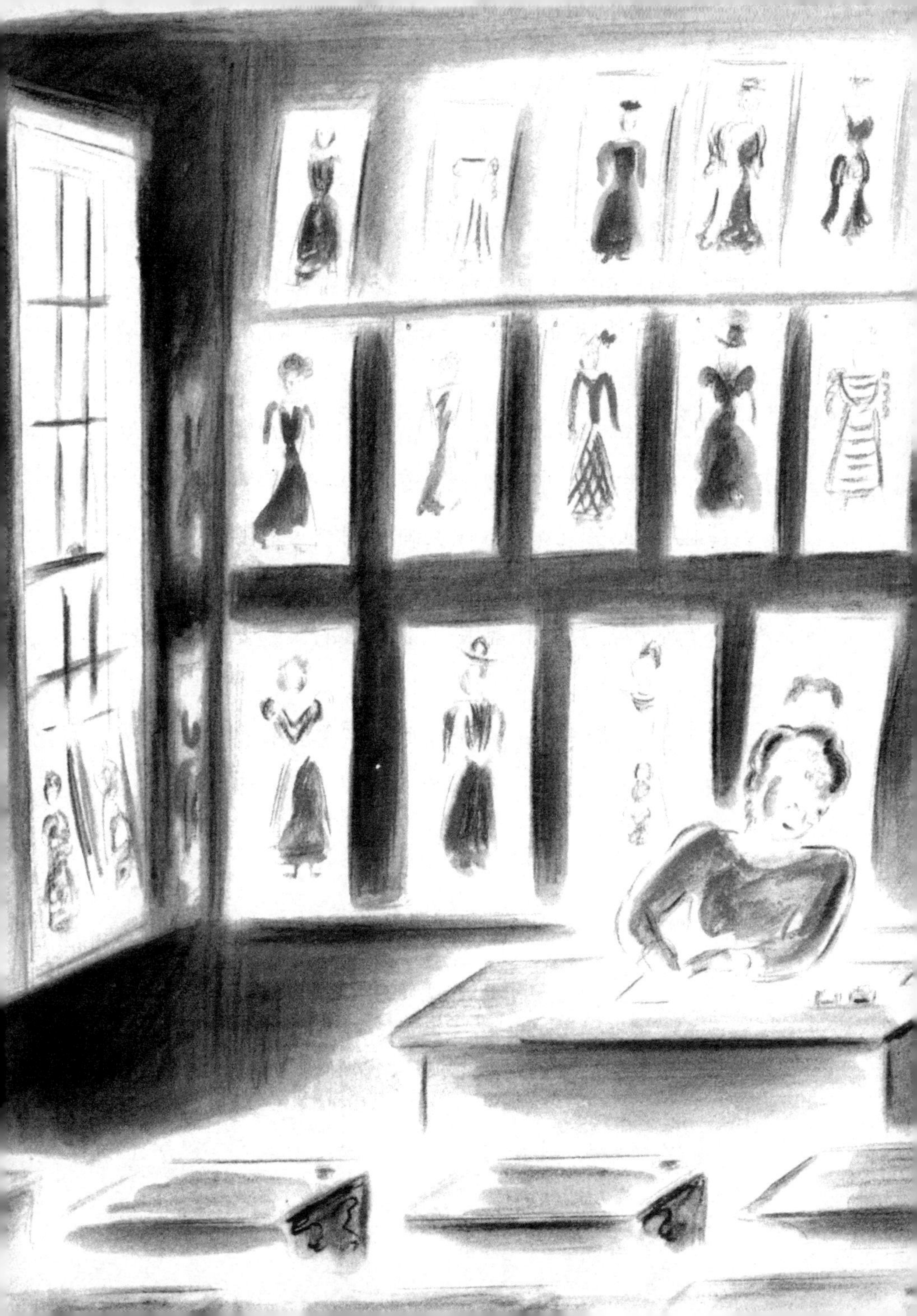

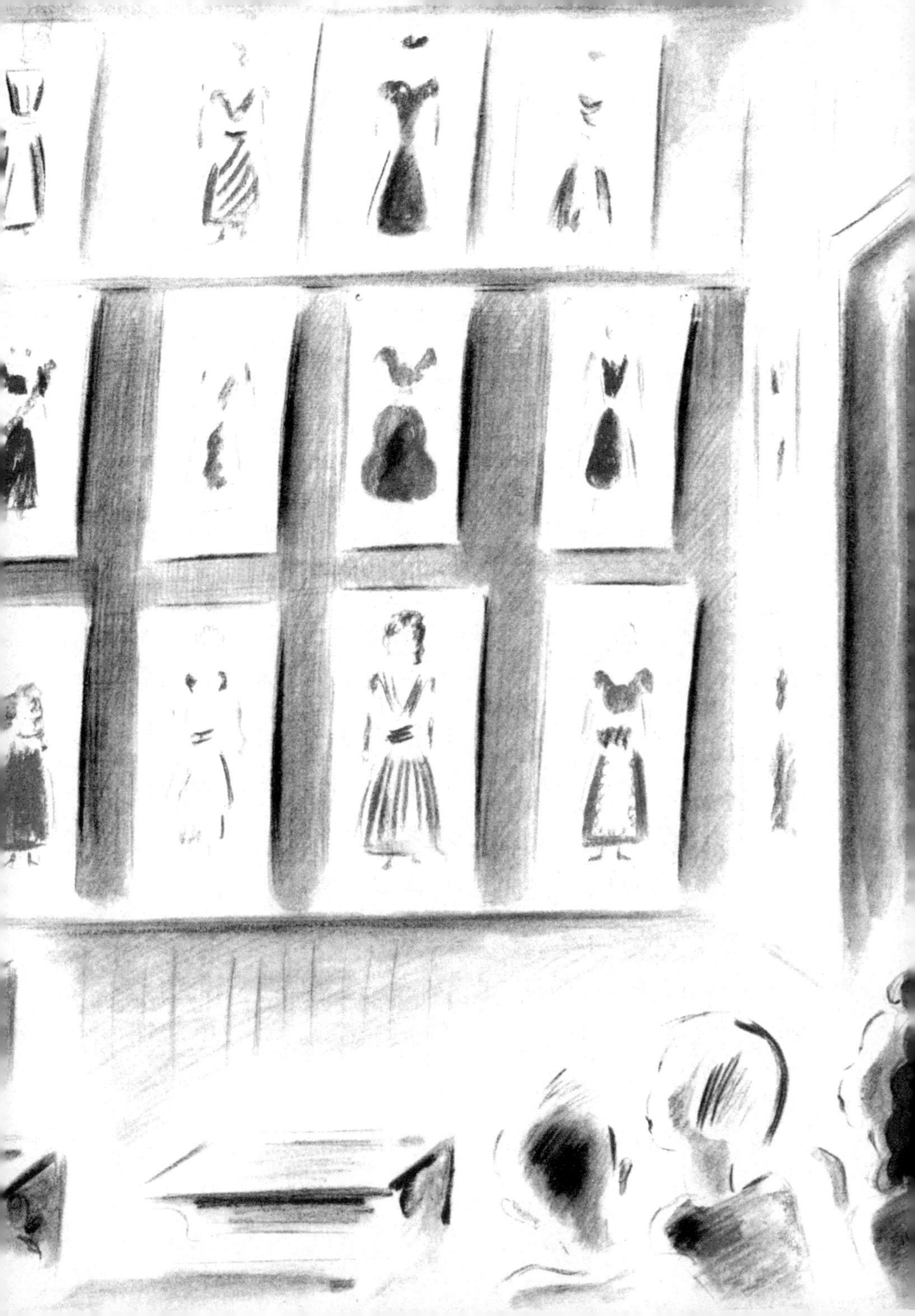

应该为她骄傲——实际上,这个女孩自己就画了一百幅设计图——每一幅作品都与众不同,而且全都美丽至极!根据评委们评议的结果,单拿出她这些画中的任何一幅都是可以赢得大奖的。所以,我高兴地宣布:旺达·佩特罗斯基就是这次大赛女子组的获胜者!遗憾的是,旺达这些天一直没来上学,所以不能上台来接受本该属于她的掌声。希望她明天就到校来上课。同学们,现在大家可以安静地、有秩序地在教室里参观一下她这些精美的参赛作品了。"

全班爆发出热烈的掌声,就连那些男孩子们,也都很高兴能有这么一个机会"放肆"一下——他们在地板上跺着脚,把手指放到嘴里吹出尖锐的口哨,以表达他们的兴奋之情——虽然他们对服装设计并不感兴趣。而玛蒂埃和佩琪,成了最先挤到黑板前去看画的两个人。

"看啊,佩琪,"玛蒂埃小声说道,"这就是那条她跟我们提到过的蓝裙子,多漂亮啊!"

"是啊,"佩琪答道,"这是那条绿色的。老天,我还自以为我画得不错呢!"

当大家正在教室里参观的时候,年级组组长从校长室给梅森老师捎来了一张字条。梅森老师看了好几遍,又从头到尾仔细地琢磨了一阵子。然后,她拍了拍手说道:"大家注意了,每个人都回到自己的座位上去。"

一阵纷乱的脚步声过后,大家全都坐好了,教室里安静下来。这时梅森老师说道:"我这里有一封旺达的爸爸写来的信,我想给大家读一读。"

梅森老师站在那里沉默了一会儿,教室里的静谧逐渐变得有些凝重,而且似乎还包含着一丝隐隐的期待。梅森老师用手扶了扶她的眼镜,动作缓慢而郑重。她的举止像是在暗示着发生了什么事情——这封来自旺达爸爸的信,一定事关重大。当梅森老师朗读这张简短的字条时,每个人都支起了耳朵。信是这样写的:

敬爱的老师:

旺达以后不会再到你们学校上学去了。她的哥哥杰克也不再去了。现在,我们要搬到一个大城市去。再不会

有人怪叫"嗨,波兰佬!",再不会有人问"怎么会有这么好笑的名字啊?"。在大城市里,有趣的名字多的是。

　　　　您诚挚的

　　　　　詹·佩特罗斯基

　　信读完了,班里一片沉寂。梅森老师摘下眼镜,吹了吹上面的浮尘,又用她柔软的白手帕轻轻地擦拭着镜片。然后,她把眼镜重新戴好,审视着全班。再开口时,她的声音变得相当低沉。

"我相信,我们十三班的同学是不会因为旺达恰好有一个又长又少见的名字就故意伤害她的自尊心的。我宁愿相信,一切说错了的话都是有口无心的。我知道,此刻大家和我都有着相同的感受。发生了这样的事情,实在是太遗憾了。遗憾与悲哀,兼而有之。我希望大家好好儿地想一想。"

第一堂课是自习。玛蒂埃本想做些预习,但她的精神根本无法集中,嗓子眼儿像堵着一团东西似的不舒服。没错儿,她从来没有因为佩琪问旺达衣柜里有多少条裙子而幸灾乐祸,但她对此却一直保持缄默。她只是默默地站在一边,可这性质已经和佩琪的所做所为一样恶劣了,甚至比那更糟,因为她是个懦夫!至少佩琪还没有意识到她们的做法意味着什么,但是她,玛蒂埃,虽然已经认定她们是在做错事,但却无动于衷。她也曾经假想过自己就是那个被捉弄的对象时的情景,她完全可以设身处地地体会到旺达的感受。但她只是站在一旁保持缄默,令旺达看起来如此不幸,从这一点来看,她与佩琪的所做所为没有什么不同。作为一个"帮凶",她让一个人如此不快乐,以致那女孩只能远走他乡。

天哪！难道她就真的束手无策了吗？哪怕只是告诉旺达她并不想伤害她也好啊。她转过身去，瞥了一眼佩琪，但佩琪似乎并没有察觉。此刻的佩琪看上去正埋头于书本认真学习呢！

　　好吧，不管佩琪是否感到内疚，她——玛蒂埃，肯定是要做点儿什么了。她必须得找到旺达·佩特罗斯基，也许她还没有搬走呢。或许佩琪愿意跟她一起上山，去告诉旺达她赢得了服装设计比赛的大奖，告诉她大家觉得她是多么的聪明，告诉她那一百条裙子简直是美丽至极！

　　下午放学以后，佩琪假装漫不经心地说了一句："哎，咱们一起去看看那孩子是不是已经走了。"

原来佩琪也早已打定主意了,一个跟玛蒂埃所想的一模一样的主意!玛蒂埃兴奋得脸都红了,她心想:佩琪还是不错的,就像她一直认为的那样。佩琪真是不错,她真好!

第六章

在波金斯山上

玛蒂埃和佩琪飞快地跑出了学校,两个女孩沿着通往波金斯山的大街走下去——在这样一个十一月的下午,小镇的那一端似乎被一种令人捉摸不透的氛围笼罩着,混沌、潮湿而又阴郁、暗淡。

"唉,至少我从来没叫过她'外国人',或者拿她的名字开过玩笑。"佩琪哑着嗓子说道,"我没想到她会觉出我们是在捉弄她。我原以为她迟钝得要命呢。但是,你看她画得有多好!我还自认为我画得不错呢。"

然而玛蒂埃却什么话也说不出来。她唯一希望的就是她们可以找到旺达。只有这样,她们才可以告诉她,她们对以前那样对待她感到非常抱歉。还有,全学校的同学都觉得她很可爱,请她不要走,每个人都会很友善地对待她。要是有人胆敢不友善,她和佩琪决不饶他!

此时此刻,玛蒂埃竟沉浸在自己所想象的故事情节里了:有人对旺达不礼貌,她和佩琪愤然而起,"佩特罗斯基——罗斯基!"有人在怪叫,她和佩琪就向那个坏家伙猛扑过去……好一阵儿,玛蒂埃就用这样的"故事"安慰着自己,但这些想象出来的情节很快就消散了,她又重新感受到现实中的不快乐,她多么希望所有的一切都能像她们拿旺达开玩笑之前那样美好。

唉……这山头上是多么荒凉寂寥、寒冷逼人而又了无生趣啊!盛夏时节,这些灌木、漆树,还有那些沿着公路一侧的小溪生长着的蕨类植物是那么嫩绿而茂盛,把这里变成一条让人在夏日午后流连忘返的小路。但是现在,这里一点儿也不美丽。小溪干得只剩下一条细流,而此刻的蒙蒙细雨更使小溪边那些到处乱扔着的生了锈的罐头盒、破鞋子和那把被人丢弃的破旧的大黑伞

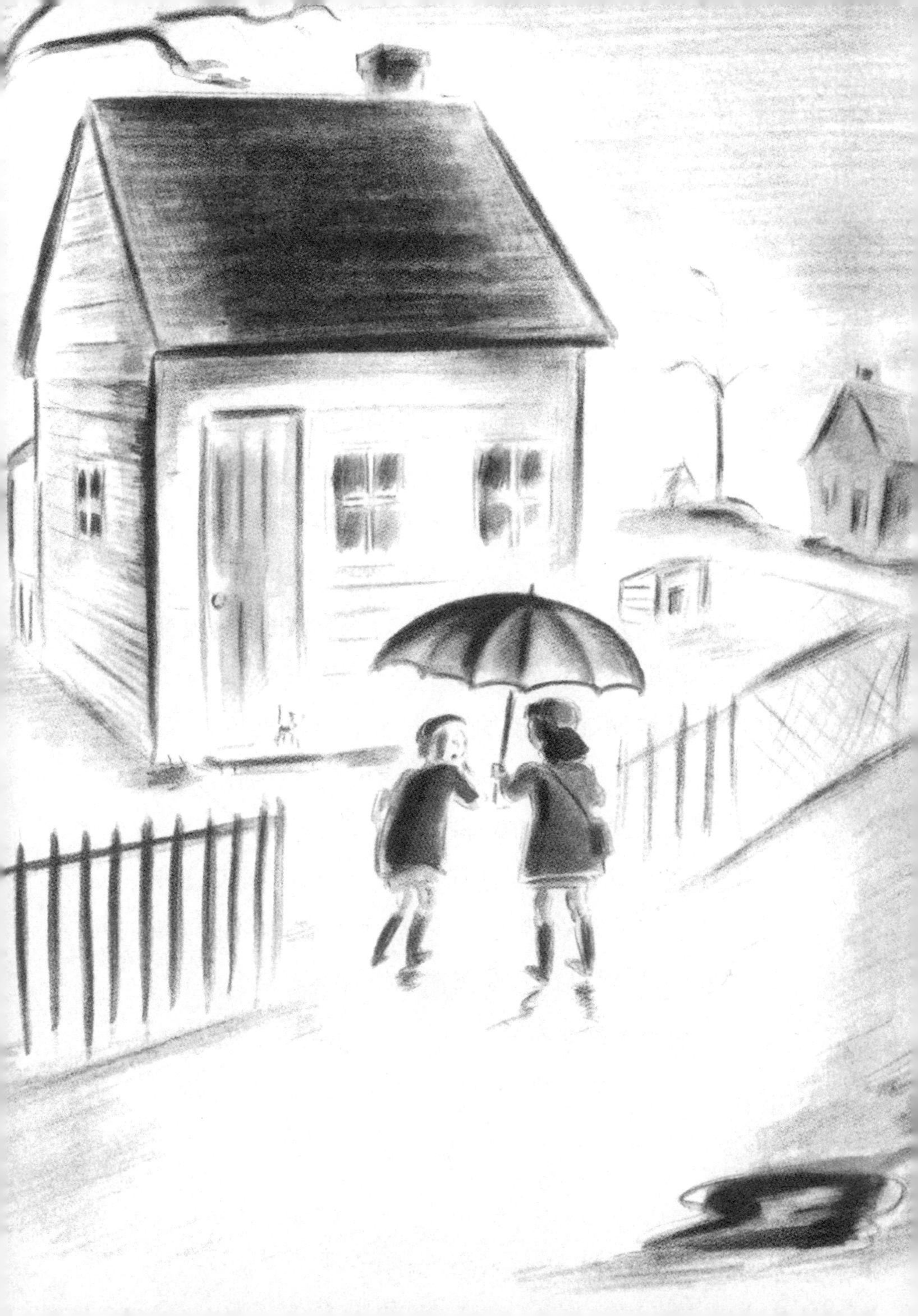

变得不堪入目。

两个女孩继续匆匆赶路。她俩想在天黑之前到达山顶,否则她俩就不能确定是否能够找到旺达的家了。最后,她俩气喘吁吁地围着山顶上的那些房子转圈圈。第一间房子破旧得几乎随时都有可能倒塌,那是老斯文森的家。佩琪和玛蒂埃踮着脚飞快地逃过他家门口。有人说老斯文森曾经杀过人,也有人说那是无稽之谈,他根本就是个没用的饭桶,连只跳蚤都杀不死。

但是,不管真假,跑过去之后,两个女孩觉得连呼吸都顺畅了许多。天气太冷了,又下着细雨,所以老斯文森没有像往常那样坐在屋外的椅子上有滋有味地嚼着烟叶儿。他那把椅子都快散架了,所以只能歪斜着靠在墙边。即使是他的狗,也不知到哪里去了,所以也没有像往常那样说不定就会从什么地方冒出来冲着人狂吠。

"我想佩特罗斯基一家就住在这儿。"玛蒂埃指着一间小白房子说道。那房子的一边有好多鸡笼子。小径旁边到处是一小束一小束立着的枯草,看上去像是干瘦又湿漉漉的小猫。房子和它窄小的院落虽然简陋却很整洁,这让玛蒂埃想起了旺达的旧裙子——她的那件已经褪了色的蓝色布裙子。

要不是一只半大的黄色小猫蹲在靠近前门的那级台阶上,这房子根本就看不出有人在这里生活的迹象。两个女孩走进院子的时候,小猫胆怯地小声叫了一声,就跳到树上去了。佩琪很坚定地上前敲了敲门,却没有人来开门。她和玛蒂埃又转到后院去敲后门,仍然没有人来开门。

"旺达!"佩琪喊道。她们仔细地听着,但只有沉寂撞击着她们的耳鼓。毫无疑问,佩特罗斯基一家已经搬走了。

"也许他们只是出去一小会儿,还没有真的搬走呢。"玛蒂埃心存希冀地猜测着。她开始在想,应该如何接受这样一个现实:旺达真的已经走了,她再也无力做什么改变了。

"来吧,"佩琪说,"让我们看看门是不是没锁。"

她们小心翼翼地转动前门的把手。门很容易就被打开了,那是很薄的一层木板,虽然看似一扇门,但在冬季的这种大风天里,根本就形同虚设。门后面的这间四四方方的小屋早已经是人去屋空了,几乎什么东西都没有留下,屋角处只有一个衣柜的门大敞着,里面也是空空如也。玛蒂埃很想知道,佩特罗斯基一家搬走之前,这衣柜里面都放了些什么。她想起旺达说的话:"当然,一百条裙子……全都挂在我家的衣柜里呢!"

唉,不管怎样,那些真实的抑或想象中的裙子全都不在了。佩特罗斯基一家已经走了。现在,她和佩琪还怎么告诉旺达那些事情呢?也许老师会知道她搬到哪里去了吧。也许老斯文森会知道,她们可以在回去的路上顺便去他家问一问。或许邮局应该知道。如果她们写封信,旺达应该能收到,因为邮局会转给她的。两个女孩把门关好后准备回家,两人神情沮丧而且泄气。从原路走下

The Hundred Dresses

山来,透过蒙蒙细雨,她们甚至可以看到在很远的地方,海湾里的水灰暗混沌而且弥漫着寒意。

"你觉得,那会是她家的猫吗?他们是不是忘记把它带走了?"佩琪问。但那只猫此刻已经不知去向,当她俩转过弯路的时候,却又看见它蜷伏在老斯文森屋前那把破旧不堪的木椅下面。所以,这猫大概是老斯文森的吧。她俩实在没有勇气敲他的门去打听佩特罗斯基一家搬到哪里去了。但是,天啊!老斯文森正从路那边走过来了!与老斯文森相关的所有东西都是黄色的:他的房子、

他的猫、他的裤子、他的枯草一样的大胡子和他乱蓬蓬的头发,还有一颠一颠跟在他身后的那条猎犬,以及他时不时熟练地从他那些松散的黄牙之间喷出来的一股股烟。两个女孩退让到路边,与他擦肩而过。已经走出很远了,她俩又停了下来。

"喂,斯文森先生!"佩琪喊道,"佩特罗斯基一家是什么时候搬走的啊?"

老斯文森转过身来,却什么也没说。不过后来他确实回答了,只是他的言语含糊不清。两个女孩转身就跑,以最快的速度逃下山去。老斯文森看着她俩的背影愣了一会儿,然后就往山上走去。一路上,他搔着脑袋,嘴里不知叽咕着什么。

一直跑到奥利弗大街上,两个女孩才停下来。她俩依然闷闷不乐,玛蒂埃甚至觉得她会因为旺达和那一百

条裙子的事情而永远不快乐了。没有什么再会让她觉得有意思了,因为正当她想要尽情享受一下的时候,比如和佩琪一起远足去寻找宾州杨梅,或者一起去大麦山滑雪,她却不偏不倚地被这样一种坏情绪击中了:是她逼走了旺达·佩特罗斯基一家!

"唉,反正她现在已经走了,"佩琪说,"我们还能怎么办呢?另外,我问她有多少条裙子的时候,她有可能已经得到灵感在构思她的那些画了。否则她是不会赢得这次比赛的。"

玛蒂埃仔细地、反反复复地琢磨着,但是如果真能想出个什么主意来,她也就不会感觉这么难过了。那一夜,她失眠了。玛蒂埃回想着旺达和她那条褪了色的蓝裙子,回想着她曾经住过的那间小屋,回想着住在离她几步之遥的老斯文森,还有那些整齐地排列在教室里的、上百幅画着各式各样裙子的五彩缤纷的图画……

最后,玛蒂埃干脆坐了起来,用手撑着前额冥思苦想——这是她经历过的最艰难的一次思考。过了很久,她终于做出一个重要的决定。

她决不再只做一个旁观者了!

如果她再听到谁因为长相不好或者因为名字奇怪

而被别人取笑的话,她一定会仗义执言的,即使那意味着将要失去佩琪的友谊。她已经没有办法纠正在旺达身上犯下的错误了,但是从现在起,她再也不会让其他人不快乐了。想过了这些,玛蒂埃终于在筋疲力尽中沉沉睡去。

第七章

给十三班的一封信

周六的整个下午,玛蒂埃都和佩琪待在一起,她们在给旺达·佩特罗斯基写信。

这是一封饱含友情的信。她们在信里告诉旺达绘画比赛的情景以及她赢得了大奖的消息。她们告诉她,她

的那些画有多漂亮,还有她们已经学到《温菲尔德·斯科特》那一课了。她们还问旺达是否喜欢现在住的地方,是否喜欢她的新老师。她们本想说些道歉的话,但一想到这只是一封友情书信,就像那种她们写给其他好朋友的信一样,所以就没有提及。在信末写祝福的话时,她们签上了班上好多人的名字。

她们把信寄往波金斯山,在信封上写着"请转交"的

字样。老师并不知道旺达搬到哪里去了,所以她们只能寄希望于邮局。当把信投进信筒的那一瞬间,她们都感觉到了快乐,同时也轻松了很多。

　　许多天过去了,竟一点儿音讯也没有。但那封信并没有被退回来,所以也许旺达已经收到它了吧。或许她受到的伤害太深,依然愤愤不平,所以不愿意回信,可这不能怨她。玛蒂埃还记得旺达时不时地耸耸左肩,孤独地走在上学路上时的样子,也记得女孩子们经常说的那些话:"为什么她的裙子总是晾得走形了呢?还有,她怎么总穿那种样子古怪的高跟系带鞋呢?"

　　她们知道她没有妈妈,但她们从没把这放在心上。她们从没想过她得自己洗衣服、熨衣服。她只有一件裙子,所以她必须得在半夜里把它洗净、熨干。也许有的时候,到了早上该穿着上学去的时候,裙子还没有干呢。但是,它却总是干干净净的。

　　几个星期过去了,旺达依然没有回信。佩琪已经逐渐忘记这件事了,但有时玛蒂埃会在晚上梦见自己为旺达仗义执言,梦见自己拦住那些想要拿旺达开玩笑的女孩子们。"你有多少条裙子啊?"就在旺达像每次回答这种问话之前先将嘴唇抿成一条线的时候,玛蒂埃就抢先

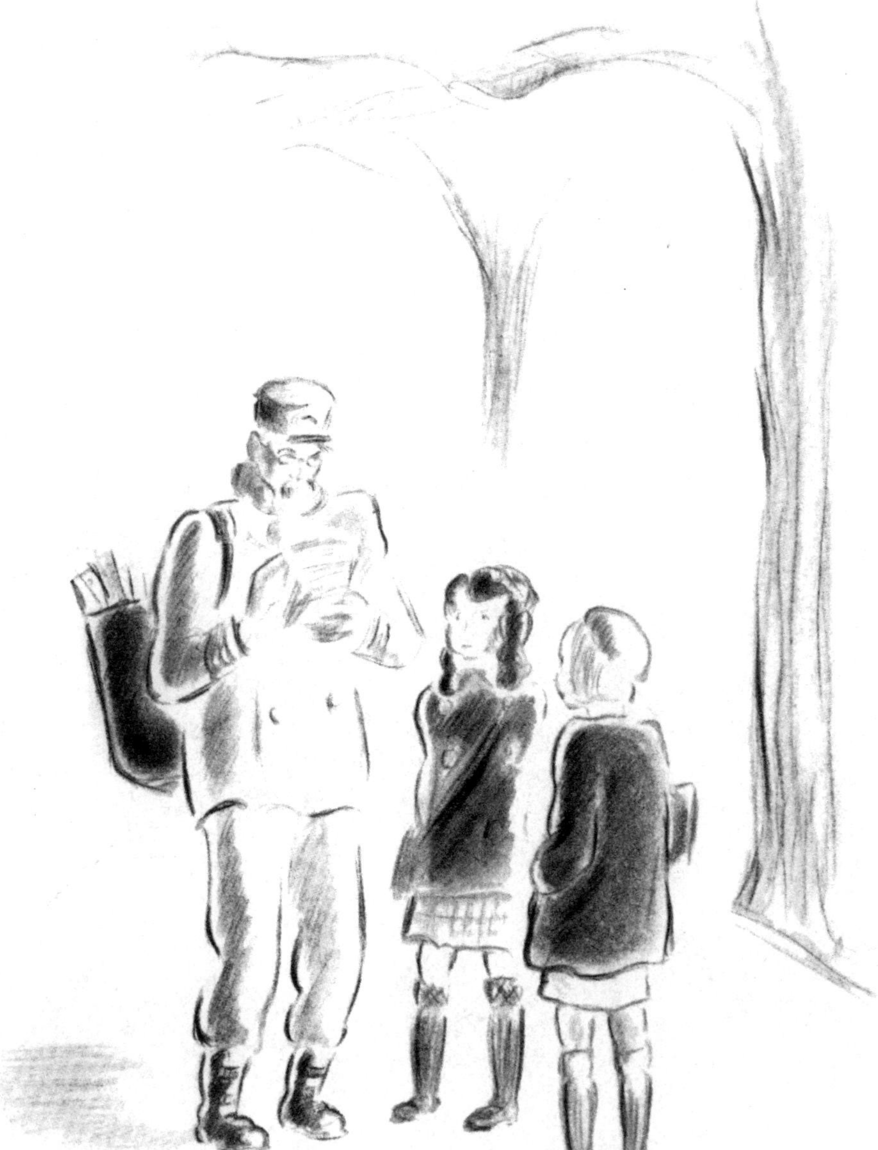

喊道:"住口!她只是个和你们一样的女孩……"于是,所有的人都会感到羞愧,就像她以前那样。还有时,她会梦见自己把旺达从一艘就要沉没的船上或狂奔的马蹄下救出来,当旺达睁着那双目光呆滞而充满痛苦的眼睛感谢她的时候,她会说:"哦,没什么。"

现在是圣诞节了,白雪覆盖了大地,教室也被圣诞铃和一棵小圣诞树装点起来。在一块小黑板上,杰克·贝

格尔斯还用红色和白色的粉笔画了个兴高采烈的圣诞老人。放假前的最后一天,佩琪和玛蒂埃班上的孩子们举行了圣诞晚会。老师的讲桌被推到了一边,空出来的地方放了一架钢琴。孩子们先是表演了《小蒂姆》中的故

事片段，然后大家又一起唱歌，塞西莉还穿着不同的服装表演了几段舞蹈，舞蹈的名字叫作《走过秋天》，其中她模仿秋天金黄色的落叶旋转而下的那一段最为动人。

晚会结束后，老师说她有个意外的礼物要送给大家，那是当天早上收到的一封信。

"猜猜这是谁写来的信？"她说，"你们还记得旺达·佩特罗斯基吗？是那个赢得绘画比赛的天才小画家。对，就是她写来的，我很高兴知道了她的住址，因为现在我可以把她的那枚奖章寄给她了。希望她能在圣诞节期间收到。我想把这封信读给大家听一听。"

全班同学立刻表现出了浓厚的兴趣，大家都屏住呼吸听梅森老师读信。

亲爱的梅森老师：

您和十三班的同学们都好吗？请告诉女孩子们，她们可以保留我的那些图画，因为我又有了一百条新裙子，全都挂在我家新房子中的衣柜里。我想把那张画着绿色带红色花边的裙子的画送给佩琪，那张画着蓝裙子的画就送给她的朋友玛蒂埃，给她们做圣诞礼物吧。我想念我们的学校，这里的新老师根本不能跟您比。祝您

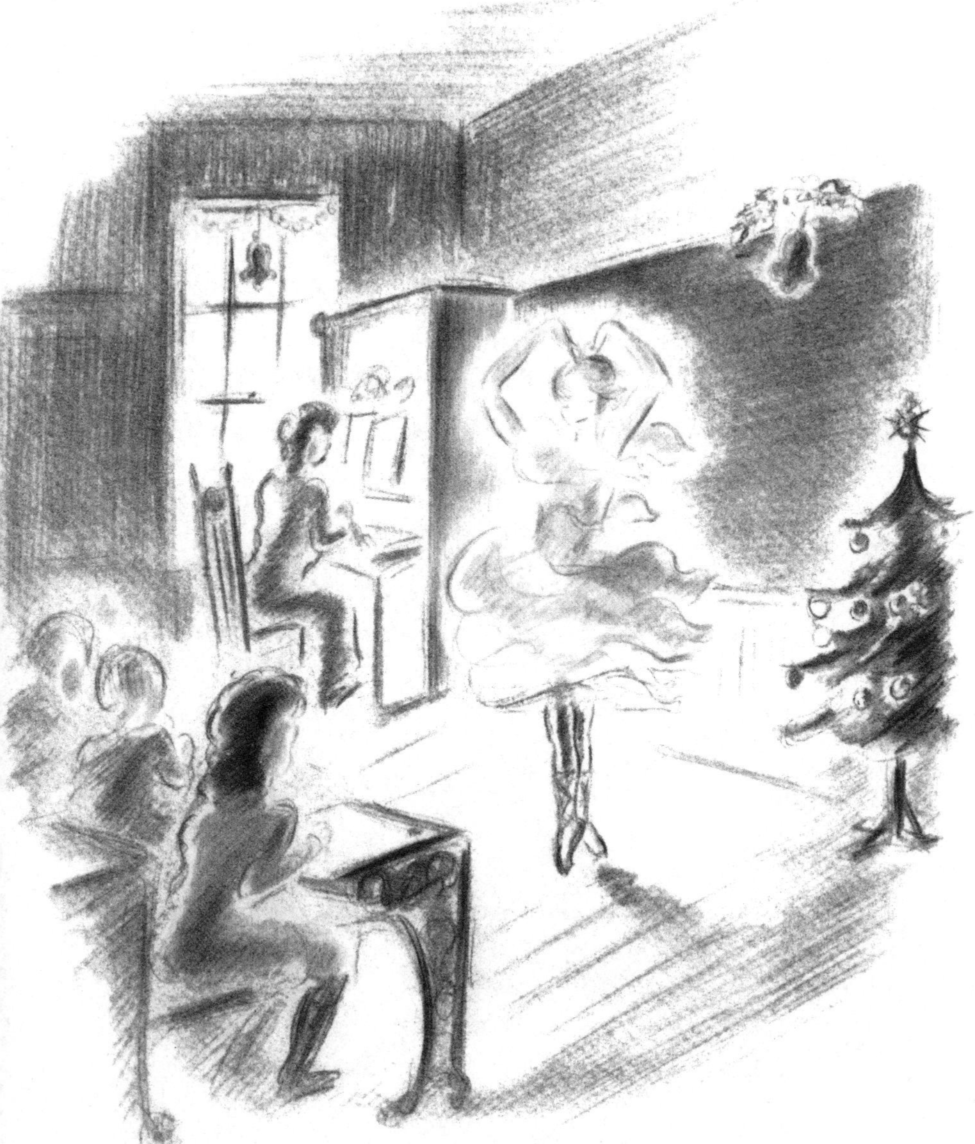

和全班同学圣诞快乐!

　　　　　您真诚的

　　　　　　旺达·佩特罗斯基

　　老师把那封信给班里的每个人传阅。信纸真漂亮,被图画装点着:那是一棵缀满了灯,而且正在夜晚闪闪发光的圣诞树,周围还有林立的高楼。

　　在回家的路上,玛蒂埃和佩琪小心翼翼地捧着她俩得到的图画。晚会结束后,她俩留下来帮忙,把教室清理

干净,因此离校时天已经黑了。街边的那些房屋看上去都那么温暖,从窗口望去,会看见花环、冬青和缀满了灯的圣诞树。杂货店外也堆积着数以百计的圣诞树,里面则是一排排的薄荷糖和缠了亮闪闪的透明纸的象征丰饶的羊角雕刻。空气里已经弥漫着圣诞节的气息了,比比皆是的彩灯在雪地上反射出五颜六色的光彩。

"这些颜色多像旺达那些裙子的颜色啊!"玛蒂埃说。

"是啊,"佩琪说着,把她的那张画展开来在街灯底下看着。"噢,对啊!这说明她真的喜欢我们啊!这说明她收到我们的信了,她就是在用这种方式告诉我们她一切都好呢!还有,还有……"她得出了结论。

佩琪感觉很开心,也很宽慰。圣诞节到了,一切都那么美好。

"希望如此吧!"玛蒂埃情绪低落地说。她感到很难过,因为她知道她不会再看见那个嘴唇紧绷的波兰小女孩了,也再没有机会改善她们之间的关系了。

回到家里,玛蒂埃把旺达的那张画钉在了卧室的粉花墙纸上,用它遮住了一处破损的地方,简陋的小屋竟立刻因为那些亮丽的颜色而变得生动起来。玛蒂埃坐在

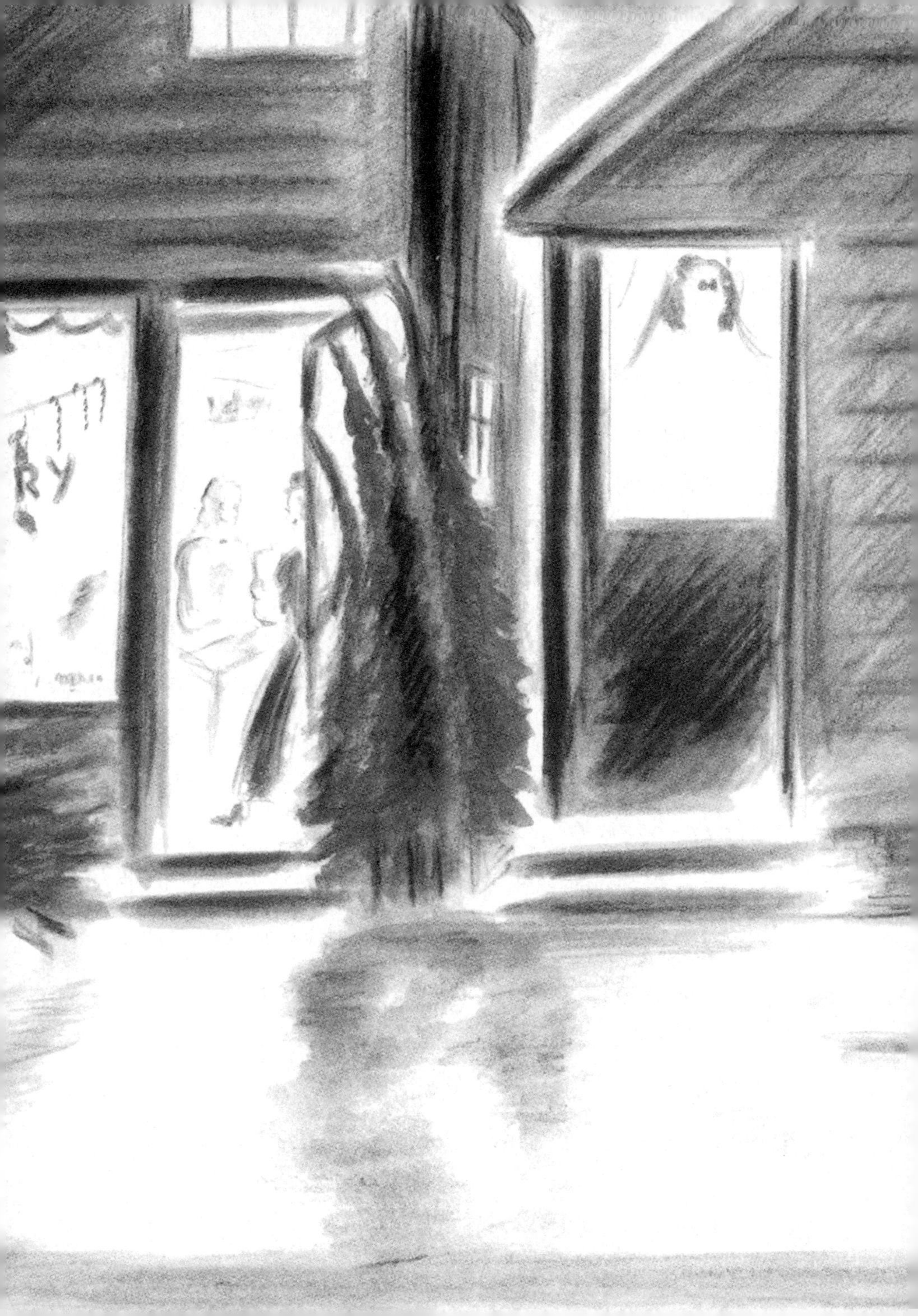

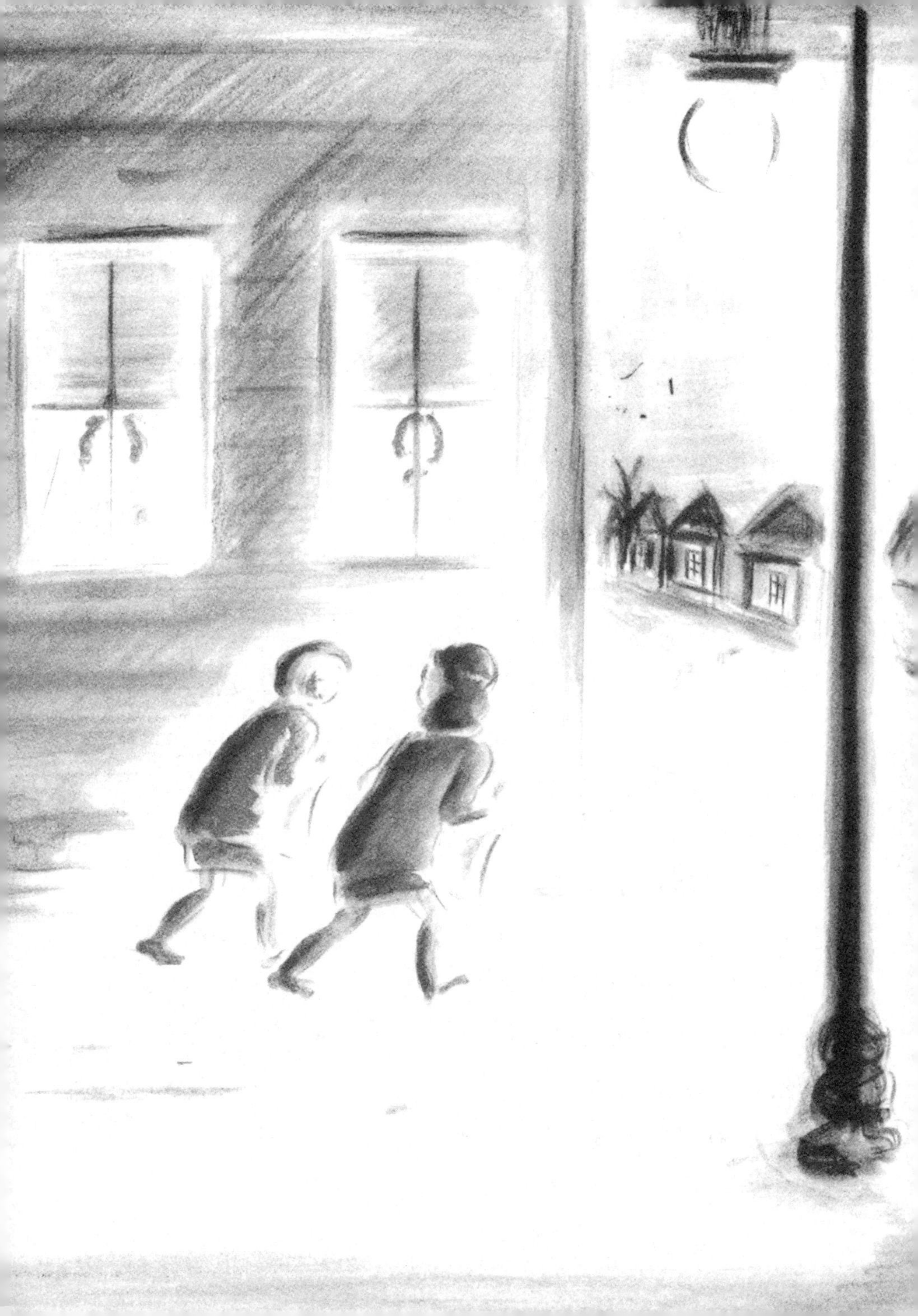

床沿上，默默地看着那张画。曾经她只是站在一边保持缄默，而旺达却对她那么好。

泪水模糊了她的视线，她就那么长久地注视着那张画。突然，她飞快地揉了揉眼睛，专注地研究了起来。画上的那些颜色是那么活灵活现，以至于她几乎忽略了那画上人物的头部和脸部——看上去多像她啊！像玛蒂埃！绝对像！同样的金色短发，蓝眼睛，宽厚的嘴唇。天啊，真的就是她啊！旺达的这张画就是画给她的，旺达画的就是她啊！她兴奋不已地跑到佩琪家去。

"佩琪！"她喊道，"让

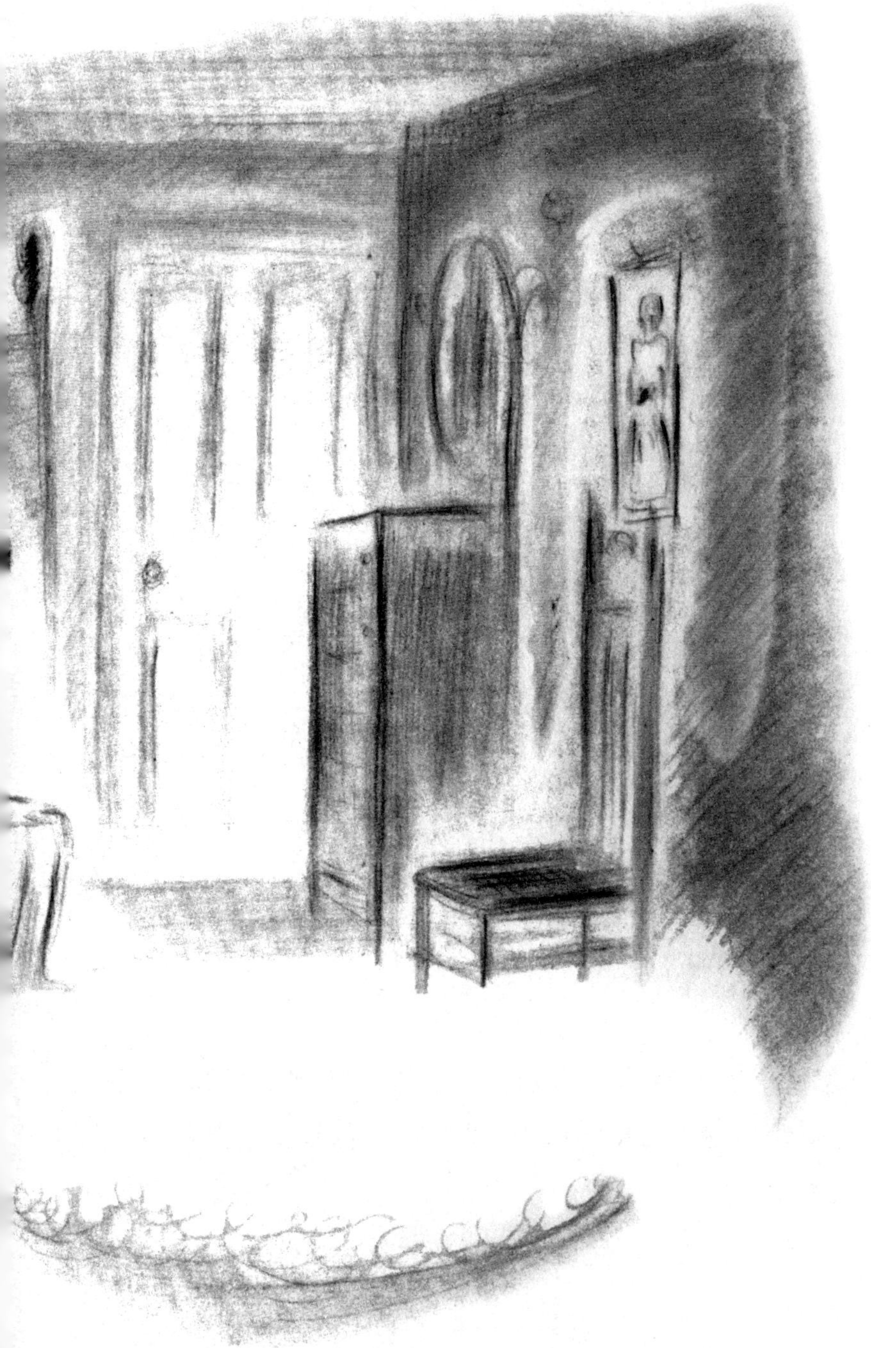

我看看你的画!"

"怎么了?"佩琪边问边和她一起飞快地跑上楼去。旺达的画就扣放在佩琪的床上,玛蒂埃小心翼翼地把它举了起来。

"看!她画的是你,这是你!"她叫着,这张画上的脑

袋和脸分明就是长着褐色头发的佩琪。

"我说什么来着!"佩琪说,"她一定是真的喜欢我们!"

"对,肯定是的!"玛蒂埃很赞同,她的眼中此时又噙满了泪水,就像每一次她想起旺达那样,想起她说完

国际大奖小说

"……当然,一百条裙子,全都挂在那里……"后就走开,独自站在校园靠墙的太阳地儿里,呆望着那群正笑做一团的女孩子……

The Hundred Dresses

《一百条裙子》教学设计

教学设计/吉忠兰　刘　芬

一、内容简介

旺达·佩特罗斯基是一个有着奇怪名字的波兰女孩,她每天都穿着一条洗得发白、晾得走了形的蓝裙子,她总是安静地坐在教室里最脏、最吵的角落。也正是因为她的怪名字和旧裙子,所有的女生都喜欢捉弄她,拿她开玩笑,仿佛她生来就是为了让大家"取笑"的。直到有一天,旺达突然声称她家里有一百条各式各样的裙子,随之而来的却是更多的嘲笑。根本没有人会相信她,大家都拿这件事捉弄她,旺达默默地忍受着。有一天,旺达终于因为受不了这些嘲笑而转学了,她给大家留下了她那一百条"裙子"。那一百条与众不同、美丽至极的裙子,留在了所有同学的心里。她用这种独特的方式证明

了自己的存在,她带走了不愉快的记忆,把包容和原谅,友爱和希望留了下来。

一个普通甚至卑微的小女孩,即使是被歧视、冷落、嘲笑着,她的心里仍就留存着许多美好的愿望。对美的向往和追求,对理想的坚持感动着我们。

这是一本很适合女孩子读的书,读过后,女孩子们的心会变得更加澄澈和透明,友爱的阳光洒满每一个角落。

二、阅读要点

1.这本书的叙述方式很特别,主人公旺达·佩特罗斯基一直没有正面和我们接触,在作者淡淡的叙述里,在对玛蒂埃的细腻的心理描述中旺达的形象渐渐丰满起来。我们追随着玛蒂埃"关切"的目光,她的思想,她的微妙的心路历程,见到了一个真实的旺达,倔强而孤独地存在,有憧憬和美好的愿望,安静,勤劳朴实,爱干净,爱美、聪明、执着、大度的旺达。

2.关于插图。旺达的模样传神极了,垂首低眉,所有的落寞和孤单都流泻在这淡棕色的插图里——悠长的小路,光秃的枝丫,独来独往的身影,空空的座位,她说有一百条裙子时,那微微耸着的肩,微微佝偻着的身子

······都是无声的语言,仿佛冷漠和寂寥,仿佛淡淡的忧伤,涩涩的酸楚,笼罩在心头。我们能够透过画面,感受她执着而热烈的心跳。

玛蒂埃和佩琪的人物素描是跪着的,翻到最后发现了首尾呼应的画作,她们跪着,在看旺达留下来的"裙子",无比虔诚、无比激动地,忘了自己,只有旺达,只有"裙子",只有赞叹,只有怀念,只有欣喜,还有深深的自责。品读文字时,别忽略了每一幅图画,仔细"读"它,会读出别样的内涵。

3.玛蒂埃,一个比旺达的命运稍好一些的穷孩子,她在关于"裙子"的游戏里,注意了旺达。但她不曾怀有歉疚,只是更关注自己,担心自己成为新"标靶"。她怕别人认出她身上那件佩琪的旧裙子,她怕自己成了另一个旺达。直到旺达离开,她才意识到自己也是一个"帮凶",她的同情和无助,淋漓尽致地突显在字里行间。她同情旺达,不愿意伤害旺达,又无能为力。旺达就是她的"影子",她的微妙的心理也折射了旺达内心的痛苦和挣扎。

4.高明的作家。在故事里还隐藏着一个被漠视和遗忘的人——老斯文森。人们对待他和旺达的方式不同,

一个像躲"瘟神"一样躲着;一个时而被忽视,时而被"亲近","亲近"仅仅是为了捉弄,换来"爆笑"。

5.书中有很多环境描写,值得关注,可以引导孩子朗读这些句子,感受这样写对于衬托人物心理的作用,并初步学习这种手法。

比如:

但是现在,这里一点儿也不美丽。小溪干得只剩下一条细流,而此刻的蒙蒙细雨更使小溪边那些到处乱扔着的生了锈的罐头盒、破鞋子和那把被别人丢弃的破旧的大黑伞变得不堪入目。

三、问题提示

1.佩琪和玛蒂埃是朋友吗?她们对待旺达的态度有什么不一样?心理有什么不一样?佩琪对待旺达的态度发生了怎样的变化?

2.晴朗的一天发生了什么?旺达的心情也是如此晴朗吗?旺达的目光投向远方,她的心里憧憬着什么?

3.其他同学们一开始是如何对待旺达的,后来有什么变化?

4.没有地址的信邮局会转交吗?旺达收到了玛蒂埃和佩琪的信吗?

5.猜猜旺达后来过得怎样?

6.假如是你遭到了别人的嘲笑和奚落,你会怎么做?

四、活动设计

友情秘密行动

班级里有些孩子,你从来没有和他们打过招呼,见面记得相互打招呼,现在也可以对他说句话呀!给他写张"优点卡",或准备一个小礼物,偷偷藏在他的文具盒里,或其他地方,给他一个惊喜。

变装大考验

1.先选出一位小朋友,请他仔细观察其他小朋友的衣着,以及发卡、钥匙链等饰物。

2.接着请这位小朋友闭上眼睛,其他小朋友要在3分钟内互相更换彼此的衣服或饰物。

3.3分钟换装结束后,便请这位小朋友睁开眼睛,其他小朋友则要告诉他大家总共换了几次衣服或饰物,而不说出具体是哪些。

4. 这位小朋友要说出有哪些衣服或饰物被更换过,以及原来的主人是谁,如果回答正确,就要把这件衣服或饰物归还它原来的主人。能把所有衣服和饰物都还给原来主人的小朋友即能赢得胜利。

我们的时装秀

用你喜欢的颜色,剪一条你喜欢的裙子或一件背心,款式可以自己设计哟。添上你们喜欢的花纹、图案或花边。

做完了,我们一起来穿在身上,在音乐声中"秀一秀"吧。

1.男生版

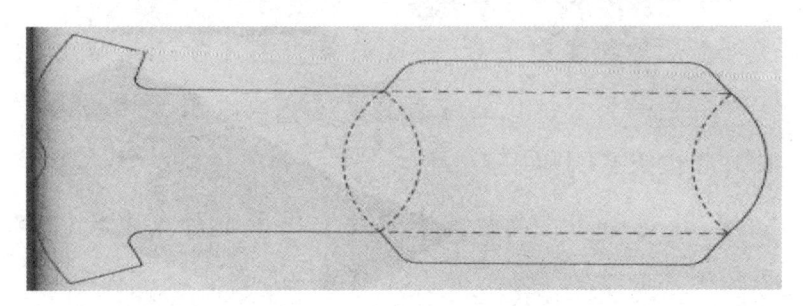

希望你利用不同颜色的纸做出不同的款式和花样来。

2.女生版

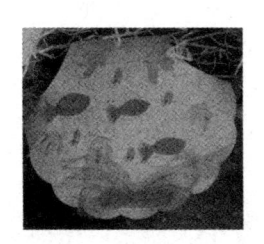

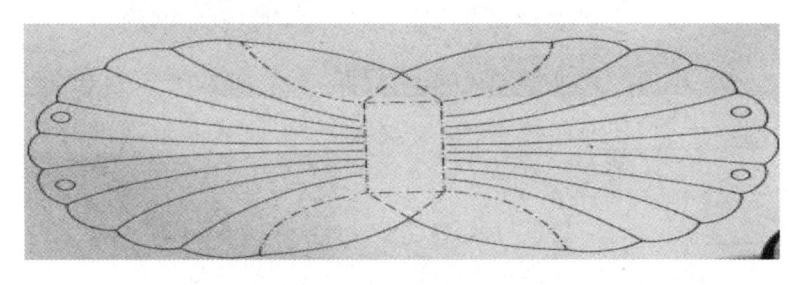

裙子的样子可是非常多,看你们能设计出几种呢?

我敢说道歉

当你和你的好朋友闹了别扭时,你会怎么办呢?你会选择哪种方式呢?

1.写一封道歉信。

2.去找她(他),当面道歉,如果不好意思,那就做个面具套在头上——画上自己羞怯的模样。

3.相互不理不睬。

4.请共同的朋友来帮忙。

5.不知道怎么办,一个人发呆。

6.哈哈,我们有暗号的。我不生气了,就扎红头花,我还在生气,就扎黄头花。你们的暗号是什么?

五、相关资料

作者简介

本书的作者是美国著名的儿童文学作家。她曾经担任儿童图书馆管理员的工作,直到1941年,她的首部小说《莫法特一家》出版并荣获纽伯瑞儿童文学奖银奖后,她才决定开始写作生涯。有兴趣的同学可以把《莫法特一家》找来看看。

这些裙子挂在了我们心里

梅子涵/著名作家

我是一个在阅读中容易感动的人,这回又被这"裙子"的故事感动了起来。这是一个因为漠视而发生的故事,可是人都不会甘心被漠视、被冷淡在人群和友谊之外,所以旺达会在那样一个十月的晴朗天气里,禁不住凑近那一群漠视着她的女孩子们,告诉她们自己有一百条裙子。一百条漂亮的裙子啊,谁会有呢?而且还是丝绸的,天鹅绒的,结果所有那些平时"看不见"她的人现在都看见她了。

原来人们的清高、这些女孩子们的自以为是,是这么容易就可以被遏制的,所以

这样的假清高、这样的漠视了别人的存在和自尊的不友善的姿态,在我们每一天的生活里,在一个群体中,有必要存在吗?不管她是不是乡下的,鞋子上总沾着泥;是哪一个国家的人,名字多么奇怪;或者是永远只穿着一条洗得褪了色的蓝裙子黄裙子……她都应该有自己的位置,有被平等接纳和交流的理由。我们不应该"看不见"他们。正像故事里的玛蒂埃一再警觉和担心的,你"看不见"他们,或者"看见"了却只知道奚落、嘲笑,那么很可能有一天你也会落得这苦恼的境地——尴尬和沮丧,最后只能像旺达那样默默离去,远走他乡。旺达和她的爸爸没有办法啊!不是他们生活的那个波金斯山使他们没有办法过下去,而是人们的奚落、嘲笑使他们不可能过得开心。人是需要开心的。富人,有许多漂亮裙子的人需要开心;穷人,只有一条裙子的也需要开心。

旺达早就画好了一百条裙子了吗?还是禁不住先说了,再一条条画出来?旺达有着这很美好的女孩子的愿望是一定的。她没有妈妈,自己洗衣服,自己熨,来不及熨裙子,不干也只好穿上。她不埋怨爸爸和这样的家。埋怨难道会有意义吗?有意义的是自己的心里该有一个愿望!她告诉佩琪她们,她不但有一百条漂亮的裙子,还有

六十双鞋的时候,目光就是掠过了佩琪,投向远方的。愿望都是在远方的。任何人都是可以热情地朝着远处望去的。

旺达现在还不可能拥有,还不可能把一百条裙子都挂在自己的衣柜里。可是出人意料的是,她把它们都画了出来。每一条都画得美丽和杰出。现在旺达的一百条裙子真真实实地挂到了每一个人的心里去了,挂在了他们一辈子的记忆中!

一个以这样的方式和水准画出了自己愿望的人,她的愿望还可能不会实现吗?

原来,一个不被别人"看见"的人,竟可能是最优秀的,灵感和热情都让人望尘莫及!

佩琪对旺达的奚落其实是没有什么恶意的。她是不理解旺达为什么要撒这样的一个一百条裙子的谎。可是她不知道,这不是一个谎,而是一个不被人"看见"的女孩子心里的愿望。佩琪啊,当旺达没有说自己有一百条裙子挂在衣柜里的时候,你们为什么都没有"看见"她呢?佩琪其实还真是一个很不错的大气女孩,当她看见旺达画的裙子的时候,立即就由衷赞佩地说:"老天,我还自以为我画得不错呢!"她一点儿不掩饰自己的欣赏

和赞佩，她为旺达的高兴和庆贺完全是明亮和热诚的。她还和玛蒂埃一起到波金斯山去看旺达。她还和玛蒂埃一起写信给旺达。这都是来自她看见了旺达的画以后的惊喜和自责。她表达了惊喜，没有表达自责，可是谁又看不出她已经自责了呢？有时候，不把自责说出来，搁在心里，倒可能更有含蓄的诚挚呢。佩琪含蓄而诚挚地改变了以前的冷淡和误解，把友爱和祝福邮寄给了没有地址的波兰女孩。从前总是嘴唇紧绷的那个波兰女孩，现在会不会有了满脸的笑容和满心的快乐呢？

旺达啊，你现在高兴了吗？

佩琪和玛蒂埃是没有想到旺达会把漂亮的裙子送给她们的。她们都担忧旺达会把羞辱的记忆收藏起来，把恨还给她们呢！可是她们收到的却是绿裙子和蓝裙子！

玛蒂埃的眼睛只能被泪水模糊了。她也是一个穷孩子。她穿的那条裙子还是她的好朋友佩琪的呢。可是她却也参与了对旺达的奚落。佩琪这样做可能不知道是不应该的，可是她是知道的。所以她觉得自己比佩琪更不好。她想阻止佩琪她们，可是没有勇气；她现在想把一切都弥补过来，可是到哪儿去找到旺达呢？她就想啊想啊，

The Hundred Dresses

为自己编着梦，为旺达编着童话，为表达自己的爱消除内心每一个角落都有的歉疚编着电影，可是发生过的已经发生过了，想把它们揩抹掉永远不再想起原来好难哟，原来几乎是做不到的呀！

我们真是不能做这样的可以歉疚一生的事。

我们愉快的是，这个被杰出地写了出来的故事却因此就在我们的阅读记忆里永恒了。

我们感恩这位很优秀的作家。

感恩让我们读到了这本书的出版社。

感恩儿童文学！